LEITURA, LITERATURA
E ESCOLA

LEITURA, LITERATURA E ESCOLA

Sobre a Formação do Gosto

Maria do Rosário Mortatti Magnani

martins fontes
selo martins

Copyright © 1989, Livraria Martins Fontes Editora Ltda.,
São Paulo, para a presente edição.

1ª edição
outubro de 1989
2ª edição
junho de 2001
1ª reimpressão
novembro de 2011

Preparação do original
Maurício Balthazar Leal
Revisão gráfica
Teresa Cecília de Oliveira Ramos
Ana Maria de Oliveira Mendes Barbosa
Produção gráfica
Geraldo Alves
Paginação
Valéria Sorilha

Dados Internacionais de Catalogação na Publicação (CIP)
(Câmara Brasileira do Livro, SP, Brasil)

Magnani, Maria do Rosário Mortatti.
    Leitura; literatura e escola / Maria do Rosário Mortatti "Magnani. – 2ª ed. – São Paulo: Martins Fontes, 2001. – (Texto e linguagem).

Bibliografia.
ISBN 978-85-336-1431-4

1. Hábito de leitura 2. Leitura 3. Estudo e ensino 4. Literatura infantojuvenil- História e crítica I. Título. II. Série.

01-2412   CDD-028.9

Índices para catálogo sistemático:
1. Gosto pela leitura: Desenvolvimento   028.9

Todos os direitos desta edição reservados à
Martins Editora Livraria Ltda.
Av. Dr. Arnaldo, 2076
01255-000 São Paulo SP Brasil
Tel. (11) 3116 0000
info@martinseditora.com.br
www.martinsmartinsfontes.com.br

Índice

Agradecimentos **XI**
Prefácio à 2ª edição **XIII**
Introdução **1**

Capítulo 1 O fenômeno literário **5**
Capítulo 2 Literatura e educação: percorrendo nossa história **11**
    2.1. As marcas da tradição **11**
    2.2. O ensino jesuítico: bases literárias e retóricas **12**
    2.3. A herança colonial jesuítica: diluição e conservação **18**
    2.4. Uma herdeira desavisada: a repetição do mesmo **27**
    2.5. O reconhecimento do legado: mergulho na história **35**
    2.6. A legitimidade da posse: caminhos por fazer **40**

Capítulo 3 A leitura escolarizada *45*
    3.1. Concepção e execução *45*
    3.2. A aquisição dos códigos de leitura e escrita *51*
        3.2.1. A alfabetização *51*
        3.2.2. Primeiro contato com a "leitura" na escola: o livro didático *54*
        3.2.3. Preparação para a literatura: o livro paradidático *59*
            3.2.3.1. A opinião de quem ensina a utilizar *60*
            3.2.3.2. A opinião de quem lê *64*
            3.2.3.3. A opinião de quem produz, seleciona, edita e difunde *66*

Capítulo 4 A literatura infantojuvenil *69*
    4.1. Origens: criança, família e escola *69*
    4.2. Caracterização e delimitação do gênero *72*
        4.2.1. Útil × agradável *72*
        4.2.2. Função e mimese *74*
    4.3. A trivialização do gênero *84*
    4.4. O caso brasileiro *86*

Capítulo 5 Leitura e censura: funcionamentos conformes e disfuncionamentos *91*
    5.1. Seleção do *corpus* *91*
    5.2. A conformidade extratextual *92*
    5.3. A conformidade intratextual *94*
        5.3.1. Aspectos gerais *95*
        5.3.2. O enredo *95*
        5.3.3. Os procedimentos literários *106*
    5.4. A conformidade intertextual *119*
        5.4.1. Adaptação e trivialização *119*
        5.4.2. *Robinson Crusoe* *120*
        5.4.3. *Dom Quixote de La Mancha* *126*

         5.5. Distorções (extra/intra/inter) textuais *131*
         5.6. (Pós e con-)texto *133*
Capítulo 6 A formação do gosto: o possível-crível *137*
         6.1. Função do professor: a interferência crítica *137*
         6.2. Escalonamento e penetrabilidade *139*
         6.3. Leitura e ruptura *141*

Pós-escrito *143*
Notas *145*
Bibliografia *151*
Anexos *157*

Abro a gaveta e salta uma palavra:
dança sedutora sobre o meu cansaço,
veste-se de indefinições, retorce-se
no labirinto das ambiguidades.
Tendo uma geometria que a contenha
no espaço entre dois silêncios quaisquer.
Mas ela inventa o que faço: peso de fruta
no sono da semente, assiste à minha luta,
belo enigma. Eu, mediação incompetente.

       (Lya Luft)

agradeço

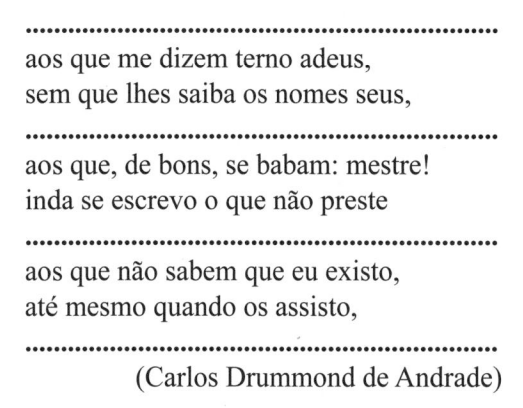

> ....
> aos que me dizem terno adeus,
> sem que lhes saiba os nomes seus,
> ....
> aos que, de bons, se babam: mestre!
> inda se escrevo o que não preste
> ....
> aos que não sabem que eu existo,
> até mesmo quando os assisto,
> ....
> (Carlos Drummond de Andrade)

e a todos que foram interlocutores: meus alunos, meus colegas professores e monitores, meus professores, meu orientador, meus amigos, meus inimigos, meus livros e discos e nada mais.

Prefácio à 2ª edição

A primeira edição deste livro, publicada em 1989, resultou de dissertação de mestrado, elaborada em meados dos anos de 1980, sob a orientação de Joaquim Brasil Fontes Júnior, junto à Faculdade de Educação/ Unicamp. As primeiras reflexões sobre o tema, no entanto; ocorreram no final dos anos de 1970, no âmbito do curso de pós-graduação em Teoria Literária, na mesma universidade, o qual a autora – professora de língua e literatura no ensino de 1º e 2º grau (hoje ensino fundamental e médio, respectivamente) – logo abandonou, devido a pelo menos dois motivos: não ter encontrado possibilidades para o estudo sistemático dos problemas referentes à literatura infantojuvenil e ter sido seduzida por um forte apelo de época.

Associadamente ao processo de abertura política, assim como ocorria nas demais esferas da atividade social, também na educação se vivia o clima de denúncias dos efeitos da crise resultante dos anos de ditadura e de busca de propostas concretas de solução para seu enfrentamento e superação. O curso de pós-graduação em Educação da Unicamp era ainda recente, mas já vinha se destacando no cenário acadêmico brasileiro, mediante a produção e difusão, por parte de alguns de seus professores-pesquisadores, de análises dos problemas educacionais centradas em referenciais teórico-metodológicos advindos de uma certa sociologia de orientação dialético-marxista. A essa característica, acrescentava-se a abrangência da área de Educação, o que possibilitava abordagem de temas mais diversificados e ainda pouco explorados.

A falta de hábito e gosto pela leitura, por parte de crianças e jovens, era um desses temas e relacionava-se diretamente com as denúncias dos problemas educacionais, tendo passado a motivar um considerável conjunto de iniciativas, em nível governamental, editorial e acadêmico, tais como: projetos de incentivo à leitura, expansão do mercado editorial de livros didáticos, paradidáticos e de literatura infantojuvenil, associações de leitura e desenvolvimento de pesquisas acadêmicas.

No que se refere especificamente aos estudos sobre literatura infantojuvenil, eram ainda em pequeno número e difusas as publicações que pudessem propiciar apoio teórico aos pesquisadores interessados; até então, além de algumas traduções de estudos estrangeiros, tinham-se alguns artigos, manuais de ensino (para uso em cursos normais) e ensaios, produzidos por brasileiros.

Em nosso país, a produção acadêmico-científica sobre o gênero começa a ganhar impulso a partir dos anos de 1980, com a expansão dos cursos de pós-graduação, iniciando-se o processo de consolidação como campo de conhecimento caracterizado, predominantemente, por dois tipos de abordagens, que passaram a se desenvolver: do ponto de vista dos estudos literários, enfatizando-se a necessidade de pressupostos e procedimentos de investigação buscados à história, teoria e crítica literárias – marcadas sobretudo pela tendência estruturalista e histórico-sociológica –, os quais propiciassem discussão da esteticidade dos textos do gênero como fator de superação das marcas pedagogizantes características desses-textos e advindas de sua relação original com a educação e a escola; e do ponto de vista dos estudos em Educação, enfatizando-se, inicialmente, a necessidade de denunciar a ideologia subjacente aos textos do gênero e, posteriormente, de buscar propostas didáticas para sua adequada seleção e utilização nas escolas, a fim de se formarem leitores críticos e transformadores da sociedade.

Analisando a produção já existente e a que se desenvolvia à época, julgava a autora, no entanto, que, num campo ainda incipiente e com tantos problemas a serem enfrentados, fazia-se necessário um outro tipo de abordagem da literatura infantojuvenil, de caráter interdisciplinar e derivada das inexoráveis relações entre a produção do gênero e a situação de formação (escolar) do leitor previsto, a fim de: contemplar a unidade múltipla constitutiva do gênero, simultaneamente literário e didático; compreender e mostrar seus aspectos específicos, mediante análise crítica de textos; e explicar e buscar superar o gosto (estético) dos leitores crianças e jovens, o qual justificava e realimentava a produção em série e a reiterada utilização nas escolas de textos de pouca qualidade estética, responsáveis pela formação de leitores consumidores da trivialidade literária, cultural, histórica e política.

Para a pesquisadora em formação, esses ousados objetivos demandaram escolher, dentre certas contribuições teórico-metodológicas disponíveis e legitimadas pelo clima cultural-acadêmico da época, aquelas que, de acordo com "a natureza de sua política" – embora muitas delas não tematizassem diretamente a literatura infantojuvenil –, ofereciam possibilidades de tratamento mais coerente e exploração mais adequada das questões que pretendia abordar, sem desconsiderar a especificidade dos textos do gênero nem sua relação com a leitura, a literatura e a escola.

Com os fortes apelos políticos, a difusa tradição de estudos sobre o gênero e as possibilidades teórico-metodológicas disponíveis, associadamente ao processo de sua formação como pesquisadora, optou a autora por definir literatura infantojuvenil como um conjunto de textos – escritos por adultos para serem lidos por crianças e jovens – que foram paulatinamente sendo denominados como tal, em razão de *seu funcionamento,* decorrente de certas condições de emergência, circulação e utilização em determinados momentos histórico-sociais, e sedimentado, por meio, entre outros, da expansão de um mercado editorial específico e de certas instâncias legislativas e normatizadoras, como a escola e a universidade. Com base nessa definição, buscou problematizar as relações históricas entre leitura, literatura e escola, bem como discutir e apontar possibilidades de ruptura em relação ao processo de formação do gosto (estético) dos leitores crianças e jovens, mediante análise dos diferentes aspectos constitutivos do sentido de três dentre os livros mais lidos por alunos das séries finais do 1º grau, considerados como exemplos da literatura trivial infantojuvenil.

Para isso, empreendeu uma análise do *corpus,* de acordo com o que definiu pela primeira vez de maneira mais sistemática como aspectos "intratextuais", "extratextuais" e "intertextuais". Essa proposta de abordagem serviria de base para a formulação, alguns anos mais tarde, de um método que passou a denominar de "análise da configuração textual", sistematizado e aplicado na análise de diferentes tipos de textos e veiculado em livros e artigos publicados pela autora.

Desde então, em se tratando de textos de literatura infantojuvenil, esse método vem possibilitando enfrentar vários dos problemas envolvidos na atividade crítica, especialmente a tendência à *redução* do processo analítico a aspectos *isolados* da configuração textual, como, por exemplo, aqueles constitutivos da "camada mais aparente" (o quê e como), ou aqueles que remetem à sobredeterminação do contexto histórico e social e suas marcas ideológicas (quando, onde, por quê, para quê), ou aqueles que se relacionam com aspectos biográficos do autor (quem), ou, ainda, aqueles que enfocam o processo de recepção por parte do leitor previsto (para quem) e suas formas de utilização na escola. Dada sua condição de texto verbal escrito, resultado de um tipo particular de atividade de, com e sobre linguagem, os sentidos e as explicações podem ser "encontrados" no *conjunto desses aspectos constitutivos da configuração do texto,* ponto de partida e de chegada do trabalho investigativo.

Trata-se, portanto, de um ato de interpretação centrado no conceito operativo de configuração textual, com base no qual o pesquisador deve interrogar os textos de literatura infantojuvenil na posição de um leitor crítico e distanciado – porque envolvido –, que deve produzir um discurso crítico sobre um discurso literário específico. Para tanto, é preciso analisar todos os aspectos da configuração textual – utilizando-se também de métodos e procedimentos advindos da crítica e teoria literárias, assim como da pesquisa em Educação –, o que permite: por um lado, produzir sentidos autorizados que conferem singularidade a determinado texto pertencente ao gênero e contribuir para a construção da identidade específica do gênero e do campo de conhecimento; e, por outro lado, contribuir também para o trabalho de professores – do ensino fundamental, especialmente –, oferecendo-lhes possibilidades de conhecer outros modos mais fecundos de ler e abordar textos de literatura infantojuvenil na escola, a fim de que, evitando aceder aos apelos da trivialização do gênero e de certa pedagogia da facilitação, possam interferir criticamente na formação do gosto estético dos leitores crianças e jovens.

*
* *

Esgotada a primeira edição do livro, por certo tempo hesitou a autora em publicá-lo novamente: deveria fazer alterações mais profundas visando eliminar as marcas de época e aperfeiçoar a proposta de análise dos textos do *corpus*? Ou deveria publicá-lo sem alterações?

Como se vê, a decisão foi pela segunda opção – excetuando-se a correção de pequenos erros –, sobretudo porque, a despeito de todas as marcas de época e conhecendo a produção desenvolvida nesse campo de conhecimento, julga a autora que as questões de fundo discutidas no livro assim como os problemas que o motivaram conservam sua atualidade; e seu conteúdo é ainda útil para pesquisadores e professores, como vêm demonstrando certos indicadores de recepção, especialmente as citações em bibliografias de trabalhos acadêmicos, de planos de ensino de cursos de graduação e pós-graduação e do documento para avaliação de livros didáticos de língua portuguesa, publicado pelo MEC.

Mas, além desse, talvez outro motivo que justifique a reedição do livro seja a possibilidade de tomá-lo como documento que testemunha um modesto modo de pensar, sentir, querer e agir em relação à pesquisa acadêmica sobre literatura infantojuvenil brasileira, em um passado recente, no qual se observa o início de um movimento, ainda em curso, de consolidação desse campo de conhecimento, mediante: formação de sujeitos de um discurso especializado; gradativo reconhecimento do estatuto acadêmico-científico dos objetos de investigação envolvidos; e criação e utilização de métodos adequados à produção de uma história, teoria e críticas *específicas* da literatura infantojuvenil brasileira.

A autora
Julho de 2000

Introdução

> As palavras me antecedem e ultrapassam, elas me tentam e me modificam, e se não tomo cuidado será tarde demais: as coisas serão ditas sem eu as ter dito. Ou pelo menos não era apenas isso. Meu enleio vem de que um tapete é feito de tantos fios que não posso me resignar a seguir um fio só; meu enredamento vem de que uma história é feita de muitas histórias. E nem todas posso contar.
>
> (Clarice Lispector)

As reflexões aqui contidas são fruto, originalmente, de meu primeiro pecado: a paixão pela literatura. De leitura em leitura, acabei cedendo a outra tentação, e as reflexões viraram dissertação de mestrado, que, com algumas alterações, se transformou neste livro.

As primeiras reflexões sobre o assunto me levaram a tentar entender o papel da literatura na formação de crianças e jovens. Além da vastidão do tema, estava aí implícita minha ingenuidade intelectual, que partia de certezas individuais e prévias. Entre elas, a mais definitiva era a de que a literatura é fundamental na vida do ser humano e, por isso, o objetivo de uma escola que se queira "revolucionária" é formar leitores da "boa" leitura.

Com o passar do tempo, da prática e da teoria, as certezas foram se tornando inquietações, sobre as quais reflito aqui, como tentativa de dar-lhes corpo e dinamicidade, ou, pelo menos, de torná-las conscientes para mim.

A fim de investigar as relações entre leitura, literatura e escola, do ponto de vista da formação do gosto, tomei como base os livros mais frequentemente utilizados, principalmente nas séries finais do 1º grau, nível que se caracteriza, para grande parte de nossos alunos, como o último degrau da escolarização e, por isso, como coroamento e sedimentação da prática de leitura que os acompanhará na vida.

Percebe-se, hoje, em nossas escolas, uma grande distância entre a intenção explícita da legislação em formar alunos críticos, com gosto e hábito de ler, e o fato de esses alunos demonstrarem desagrado e incompetência em relação à leitura, não deixando, porém, de consumir a trivialidade literária, histórica e política. Terá sido sempre assim? Antigamente se lia mais e coisas melhores? A escola se deteriorou e, com ela, a leitura da boa literatura?

Assim colocado o problema, pouco se pode avançar na busca de soluções. A questão da leitura da literatura na escola brasileira hoje precisa ser pensada de outros lugares e numa perspectiva histórica.

Neste estudo, o pano de fundo é a concepção de literatura como um fenômeno social e histórico, caracterizando-se, assim, o texto (dito) literário como um conjunto de códigos e de leis que regem esses códigos, conjunto este que envolve tanto as condições de emergência e utilização de determinados escritos em determinadas épocas como o funcionamento social da língua.

A escola, por sua vez, na medida em que trabalha primordialmente com a palavra ("signo ideológico por excelência") e enquanto um dos lugares de circulação e atuação de ideologias, institucionaliza códigos de leitura e escrita e caracteriza-se como uma das instâncias deliberativas e executivas na institucionalização do "literário", atuando na formação do gosto, que gerará e moldará as necessidades do mercado da leitura.

Nesse sentido, a escolarização da leitura e da literatura desequilibra a relação "útil × agradável", enfatizando uma função conservadora e neutralizadora do "efeito estético" e propiciando a produção e o consumo de uma literatura infantojuvenil circunscrita por determinado tipo de "funcionamento conforme" (do ponto de vista da produção, edição, circulação, seleção, utilização e recepção), de tal modo que, ao alinhar (pseudo) democratização de ensino com adequação ao gosto das camadas populares, busca en-formar o gosto dos leitores/alunos de acordo com um projeto desenvolvimentista (e dependente) de cultura e sociedade que serve aos interesses do capital, através da mediação paternalista/autoritária do Estado.

Para melhor compreender a situação atual, pareceu-me importante recorrer às relações históricas entre literatura e educação decorrentes da tradição greco-latina introduzida, entre nós, pelo jesuitismo e que, embora diluída, manifesta-se, ainda hoje, através de uma "postura retórica" diante do ensino da língua e da literatura, do ponto de vista tanto de sua concepção (legislação, programas oficiais etc.) como de sua execução em sala de aula pelo professor (cap. 2).

A aquisição dos códigos de leitura e escrita, através da escola, é discutida no terceiro capítulo, em que são analisados os problemas decorrentes do primeiro contato com a leitura através das cartilhas e do livro didático, aos quais seguem os "paradidáticos" de literatura infantojuvenil, que surgem, no cenário escolar, após a Lei nº 5.692/71, como incentivadores do hábito e gosto pela leitura e a fim de preparar para o estudo da literatura que se fará no 2º grau.

Essa situação nos remete, também, às questões relativas às origens, caracterização e delimitação históricas da literatura infantojuvenil em função do público a que se destina, a fim de buscar, através do conjunto intersecção, as marcas do que, nessas relações, contribuiu para o que considero a trivialização (escolarizada, mas não só) do gênero, em particular no caso brasileiro (cap. 4).

A título de exemplo, são analisados três dentre os livros mais lidos por alunos de 5ª a 8ª série de escolas públicas da região de Campinas/SP, tendo sido ressaltados nesse *corpus* o "funcionamento conforme" e as distorções, do ponto de vista extra-intra-intertextual (cap. 5).

E aí? É possível procurar saídas? Acredito que sim, apesar de tudo.

As questões aqui levantadas têm sido, de certo modo e por outros ângulos, muito discutidas ultimamente. O que me impulsionou, no entanto, foi muito mais uma necessidade pessoal de rever um percurso e uma história, talvez semelhantes a tantos outros (mas nem por isso inquestionáveis e incompartilháveis), com o intuito de procurar luzes que clareassem práticas e apontassem rumos. Por isso, ao final das reflexões, procuro apontar para as possibilidades de ruptura em relação à formação do gosto, através da interferência crítica do professor, a partir do trabalho com os "disfuncionamentos" literários, enquanto caminho desestabilizador da dicotomia entre prazer e saber.

Se é um possível-crível, se consegue extrapolar o meramente individual, essa é uma questão que deixo para o julgamento do leitor.

Capítulo 1   **O fenômeno literário**

> ... je voudrais avoir ouvert la discussion sur la base suivant: que le phènomène littèraire, si complexe qu'il soit, est connaissable, et que cette connaissance importe. La question est ouvert[1].
>
> (France Vernier)

Discutir a questão da literatura é sempre um projeto ousado e polêmico, e seria ingenuidade buscar em uma única teoria o respaldo para essa discussão, na medida em que tanto o fato literário quanto a crítica e a teoria que dele se ocupam estão indissoluvelmente ligados ao momento histórico em que são gerados. Nesse sentido, parece-me que a opção por esta(s) ou aquela(s) metodologia(s) passa pela consciência de seu caráter "político" e dos consequentes avanços e limitações que pode(m) oferecer enquanto subsídios para análise. Optar pela não exclusividade metodológica, no entanto, não significa justapor, de maneira pacífica, métodos mutuamente incompatíveis; é antes buscar, a partir de um referencial de vida, os métodos e teorias que, de acordo com qual seja a natureza de sua "política", possam auxiliar na realização do objetivo proposto que, neste caso, é a investigação das relações entre leitura, literatura e escola do ponto de vista da formação do gosto.

Assim delimitado o objetivo, penso que o ponto de partida e o fio condutor da análise seria a literatura entendida como um nome que se dá,

> de tempos em tempos e por diferentes razões, a certos tipos de escrita, dentro de um campo daquilo que Michel Foucault chamou de "práticas discursivas", e que, se alguma coisa deva ser objeto de estudo, este deverá ser todo o campo de práticas, e não apenas as práticas por vezes rotuladas, de maneira um tanto obscura, de "literatura"[2].

Desse modo, a preocupação aqui é com os tipos de efeitos produzidos pelos discursos que se propõem literários e como eles são produzidos, difundidos e utilizados.

Num longo estudo sobre a questão e procurando estabelecer as bases para uma ciência do literário, France Vernier[3] critica tanto os teóricos que buscam nas ciências exatas os modelos metodológicos para a investigação do fenômeno literário como os que tentam defini-lo a partir de sua natureza e especificidade: a literariedade. No primeiro caso, por analogia, a crítica literária toma seu objeto como evidência, e, no segundo, os estudos se baseiam numa noção atemporal e a-histórica dessa qualidade intrínseca do literário.

Afirma ainda a autora que o fenômeno literário não pode ser reduzido a uma relação de dependência da infraestrutura – num uso mecanicista da teoria do reflexo de Lenin – nem tampouco pode ser estudado em sua autonomia absoluta – como propõe o formalismo.

De acordo com Vernier, o melhor é falar de um *corpus* literário, ou seja, um conjunto de textos eleitos, através de juízos de valor, como literários em determinada época e por determinada classe social. Assim, o fenômeno literário é historicamente analisável não em sua essência, mas em seu funcionamento; que compreende as condições de emergência dos textos, sua produção, edição, difusão, instituições escolares e universitárias, as condições de aprendizagem da língua e da leitura, diferentes instâncias legislativas nesse domínio, como as academias, os prêmios literários, as revistas, a definição de "domínio cultural" e de *"corpus* literário", e a imagem implícita e pressuposta de leitor e de leitura, sem hierarquização entre esses elementos. Em outras palavras, o termo literário designa algo vivo e dinâmico, em constante transformação; é um fato social, situado na superestrutura, que mantém relações com outros elementos da superestrutura e com a infraestrutura.

Essa autonomia relativa do fenômeno literário não deve, no entanto, levar a equívocos, entre eles o de reduzi-lo à função de servidor da ideologia dominante e muito menos do ponto de vista redutor de seu "conteúdo ideológico"[4]. As relações entre infraestrutura/ outros elementos da superestrutura/fenômeno literário são perpassadas por tantas e tão complexas mediações que se torna difícil o completo controle da classe dominante sobre o fenômeno literário. Apesar de condicioná-lo, a ideologia dominante não esgota seu funcionamento.

Outro equívoco – e decorrente do anterior – é considerar críticos ou conservadores os textos em si e como *produtos* apenas, sem levar em conta que, enquanto concretização verbal, o texto é aquele conjunto de relações extra, inter e intratextuais, e que os significados não estão prontos, mas são constituídos através da leitura (que faz o autor, o editor, o "legislador", o "selecionador", o aluno etc.).

Em seu conjunto, o fenômeno literário é condicionado pelo funcionamento social da língua, que não é um instrumento neutro de comunicação e expressão a serviço de todos, indiscriminadamente. A escola, por sua vez, na medida em que trabalha primordialmente com a palavra, "signo ideológico por excelência"[5], institucionaliza códigos de leitura e escrita, os quais se baseiam em uma concepção de língua enquanto sistema de normas forjadas por uma classe, mas aprendidos e utilizados como se fossem naturais e espontâneos, e prepara um perfil de leitor que servirá de parâmetro para a produção de livros.

Nessa perspectiva, a escola se torna um dos agentes centrais da atuação das ideologias, concretizando a concepção de mundo de uma classe – através da legislação, programas de ensino, conteúdos, metodologias e avaliação – de forma tal a inculcá-la de maneira natural e indolor, como padrão a orientar o comportamento de todos os indivíduos.

Há, porém, "brechas" que dinamizam essas relações, tornando possível, devido às contradições internas da escola capitalista, o surgimento de contra--ideologias, que tentam instaurar, através de novas pedagogias, uma concepção de mundo revolucionária.

O Estado, por sua vez, mediador dos interesses da classe dominante, dispõe de sofisticadas formas de vigilância para interferir, sempre que a contra-ideologia ameaça se propagar, com medidas corretivas, tais como reforma de ensino, reorganização curricular, projetos de impacto etc., para ajustar a realidade à concepção de mundo hegemônica. Ou ainda para rever essa concepção,

quando a realidade, especialmente na esfera de produção, apresenta alterações substanciais que modificam a constelação de interesses da classe detentora dos meios de produção[6].

Assim,

a política educacional estatal age e se manifesta acima de tudo na superestrutura; de fato, porém, sua ação visa à infraestrutura: aqui ela procura assegurar a reprodução ampliada do capital e as relações de trabalho e produção que a sustentam[7].

Analisando o percurso histórico do ensino da leitura e da literatura em nosso país e as características que assume com o advento de uma literatura infantojuvenil especialmente dirigida à circulação escolar, podemos perceber mais claramente a condição de acientificidade e mistério com que a escola encara a leitura e a literatura e como a reforma de ensino em vigor – e a prática dela decorrente – busca adaptá-las, através do efeito retórico da diluição e da homogeneização do gosto, às necessidades educacionais, sociais e políticas de conservação, baseando-se nos parâmetros da modernização desenvolvimentista e contribuindo para o surgimento de uma literatura trivial infantojuvenil.

Por essas razões, torna-se necessário pensar o *texto* literário como esse conjunto de códigos e também as leis que regem a organização desses códigos – os quais a escola institucionaliza – em sua conformidade ou desconformidade com as normas linguísticas e estéticas, e do ponto de vista da produção e recepção, ou seja, analisá-los do ponto de vista de seu funcionamento histórico e social e de como contribuem para alimentar ou romper o "círculo vicioso" da formação do gosto.

Capítulo 2   **Literatura e educação: percorrendo nossa história**

> Mas a educação aqui no Brasil pra que serve? Porque o que é incontestável é que o curso primário não desalfabetiza, o secundário não humaniza, e o superior nem faz profissionais, nem faz sábios, nem faz pesquisadores.
>
> (Oswald de Andrade)

2.1. As marcas da tradição

A falta de hábito de leitura tem sido apontada como uma das causas do fracasso escolar do aluno e, em consequência, do seu fracasso enquanto cidadão. Subjacente a essa ideia não só se encontra a crença de que a escola forma para a vida e que a leitura, especialmente a da literatura, tem grande parcela de responsabilidade nessa formação, como também se evidencia a vinculação histórica entre literatura e escola, o que se torna mais problemático quando se pensa na instituição escolar como um espaço de conservação e na literatura como a possibilidade da contradição e do movimento e, portanto, como agente de transformação.

As características da literatura trivial infantojuvenil[8] veiculada hoje nas escolas de 1º grau, pela busca da persuasão, através do efeito de demonstração, trazem à tona a função conservadora da escola em relação à literatura e à tradição retórica que acompanhou seu ensino em nosso país, talvez como resultado do temor pela ação desintegradora e subversiva do efeito estético, aliado às condições de nossa colonização e desenvolvimento apoiados em modelos externos de civilização e habituados ao transplante cultural.

As tentativas de mudanças no contexto educacional e cultural, como se deu também nos campos político, econômico e social, caracterizam-se, de certo modo, por rupturas parciais com a tradição, por renovações (e não inovações) num movimento histórico mais de recuos que de avanços. Mudam-se os agentes, o ensino se laiciza, mas permanece o quadro de subdesenvolvimento e debilidade cultural, panorama em que se inserem os problemas de organização da educação escolar, da formação de escritores e de público leitor e a função conservadora da escola em relação à literatura.

2.2. O ensino jesuítico: bases literárias e retóricas

De acordo com Fernando Azevedo[9], a escola humanística do tipo clássico, que marcou as origens do ensino no Brasil, através da ação dos jesuítas, funda e ajuda a desenvolver uma herança cultural marcada por uma tendência literária e retórica que se expande com muita facilidade, enquanto esforço de afirmação política do país em formação diante do "exterior civilizado". Desenvolve-se, daí, um

> tipo de mentalidade e de cultura que se constitui como fator de resistência à penetração da cultura científica ou do espírito e método positivos,

ao mesmo tempo que toma a literatura "o fenômeno central da vida do espírito"[10].

Com a chegada dos padres jesuítas, em 1549, inicia-se um tipo de educação baseada nas "escolas de ler e escrever", com finalidades de catequese e instrução. Em 1599, é publicado o *Ratio Studiorum* (organização e plano de estudos da Companhia de Jesus), e por essa época já se mostrava falido o plano inicial preocupado principalmente com os indígenas. A educação jesuítica acaba se destinando aos filhos dos colonizadores, de senhores de engenho, enfim, aos meninos pertencentes a famílias privilegiadas. Esse era o único meio de instrução e formação intelectual, e para ele se dirigiam mesmo os que não mostravam vocação sacerdotal. Além do quê, ser letrado conferia elevada posição social.

Na verdade, o que havia aqui era o Curso de Humanidades (equivalente ao curso médio)[11], cujo objetivo era "a arte acabada da composição oral e escrita". Esse curso dividia-se em:

> classes de gramática para assegurar uma expressão clara e exata, a de humanidades, uma expressão rica e elegante, e a de retórica, mestria perfeita na expressão poderosa e convincente.

O curso superior era concluído em Coimbra. Os estudos visavam a uma formação humanística e literária em detrimento das "ciências físicas e naturais ou da preocupação com atividades científicas, técnicas e artísticas"[12], que se alastravam pela Europa. Essa resistência e ausência de influências renovadoras deveu-se ao contexto histórico e à tentativa de conservar o fascínio pela Antiguidade Clássica, fato este que se torna patente na adoção do latim como língua geral de "veículo de transmissão de toda cultura superior"[13] e na imitação dos textos clássicos em que se baseava o método. Na formação integral do aluno entrava como meta principal a eloquência latina. Outro princípio ligado a esses era o da universalidade, da formação do "homem perfeito", do "bom cristão", que pretendia uma isenção ideológica acima das diferenças de nação, de raça e de classes. Somam-se a isso as frequentes investidas do *Ratio* contra a inovação, contra a "novidade de opiniões dos professores", insistindo na "uniformidade do modo de ensinar". Ao aluno também só era permitido defender opiniões divergentes das de seus mestres desde que não contradissessem a doutrina de Santo Tomás.

Percebe-se nessa rigidez e disciplina do método, entre outras, uma tentativa de conservar a doutrina intacta, preservando-a dos ataques dos Reformistas – e, sobretudo, fortalecê-la. Além do quê, essa postura propiciava a formação de homens com uma visão rigidamente estanque da realidade.

Idealmente, a classificação do colégio acabava com as distinções sociais, mas, mesmo em sua estrutura interna, trazia marcas de privilégio e seleção que se repetiam na sociedade da época. Exemplos disso são o emprego da *emulação,* segundo a qual se via a "glória e o prêmio como uma sanção social do bem praticado"; as *academias,* união de alunos escolhidos entre todos; e a figura do *decurião,* aluno distinguido com privilégios, que podia aplicar leves penas aos companheiros e era uma espécie de censor.

Devem acrescentar-se, também, certas discriminações como a que se encontra nas "Regras do Professor de Teologia", segundo a qual os religiosos não devem "defender opiniões que ofendem os católicos" e para tanto se "acomodem àqueles com os quais vivem". Em outra passagem do *Ratio* se determina que "aos nobres se assinem os lugares mais distintos" no princípio do ano.

A linguagem era tida como "instrumento mais adequado e eficiente"[14] para se alcançar o objetivo do Curso de Humanidades: tornar mais homem. Como instrumento natural de formação humana, a linguagem é, em primeiro lugar, domínio do professor que a fornece ao aluno, o qual só através da palavra pode manifestar o próprio espírito. São levados também a imitar os grandes mestres da palavra de Grécia e Roma. Além de ensinar os clássicos através da imitação, a formação humanística propunha o ensino da língua de modo artístico, que, como a arte, se apresentava sintético (e não analítico, como a ciência), dando a obra-prima intacta e formativa. Desde cedo, portanto, já se desviavam os alunos da interrogação e do questionamento. Admirar e contemplar e, através da imitação, desenvolver capacidades naturais; aprender a "servir-se da imaginação, da inteligência e da razão para todos os misteres da vida": nada mais de acordo com as consequências sociais da boa educação, segundo Leonel Franca: "o bem da família, a conservação do Estado, a própria salvação da Humanidade"[15].

A educação jesuítica no Brasil, destinando-se à classe dirigente, visando à formação dos quadros da administração local e dos quadros hierárquicos internos da Ordem, colocava nas mãos dessa classe o privilégio da dominação ideológica através dos conhecimentos a que tinha acesso, e, principalmente, devido ao sábio manejo da linguagem, corroborando sua hegemonia através do discurso dominante. Esse acúmulo de oportunidades contribui para aumentar o abismo entre letrados e não letrados, entre o preparo intelectual dos filhos dos colonizadores e o preparo meramente profissional dos índios, mestiços e negros, adquirido na prática. A glória se transforma num fim em si, e o prêmio da ascensão social se conquista a qualquer custo. Tal situação se mostra bastante vantajosa ao colonizador. Preparando uma classe para servir de desmembramento da Coroa, essa divisão obsta à formação de um sentimento comum, à ideia de união, de povo, favorecendo a implantação de um Estado europeu, numa sociedade não "formada".

A linguagem se mostra eficiente como instrumento de dominação interna apenas. Ao mesmo tempo em que pretendia desenvolver todas as potencialidades do aluno, dentro da visão de mundo dos jesuítas e do contexto brasileiro, ela se torna alienante. A pretensa isenção ideológica do método, a universalidade, a uniformidade do pensamento, que se colocam acima de uma realidade social, tornam o discurso do dominador interno manipulado pela metrópole. Os dados anteriormente sublinhados e a ênfase na Cultura Clássica desviam a atenção da realidade circunstante, criando no educando o mito do homem superior e favorecendo, assim, maior controle político e ideológico por parte da metrópole.

A classe dirigente culta, portanto, imperando sobre escravos e não letrados (mulheres, mestiços, indígenas), é eficaz instrumento formado e alimentado pelo colonizador como forma segura de manter a dominação. A educação jesuítica com sua tradição literária e retórica é, nesse sentido, a arma mais poderosa no período de colonização de nosso país.

A organização da economia no período colonial fundamentava-se no modelo agroexportador, ou seja, produção de matérias-primas destinadas à exportação para a metrópole, situação esta que perdura até a crise do café em 1929. Essa economia baseada na monocultura latifundiária não demandava grande qualificação e diversificação da força de trabalho, composta basicamente de escravos africanos. À educação cabia, pois, a função de reproduzir as relações de dominação nessa sociedade (formada por escravos, latifundiários e representantes da Coroa portuguesa) e, portanto, reforçar os interesses metropolitanos, postura que marca, desde sua entrada na história, a trajetória brasileira por uma dificuldade em conciliar as armadilhas de modernização com os anseios de independência, gerando os progressivos fortalecimento do Estado (europeu) e enfraquecimento da sociedade, a qual já surge atrelada a grupos hegemônicos.

Adequando-se perfeitamente ao ideal de submissão que caracteriza as relações, em todos os níveis, nesse período de nossa história, a tradição greco-romana adaptada pelo jesuitismo sob os influxos renascentistas e introduzida como linha-mestra da educação no Brasil-colônia faz-se sentir até hoje, trazendo consigo também "um desconforto decorrente do fato de lidarmos com um retalho de cultura clássica"[16], uma releitura atópica dos estudos sobre Retórica e Poética que entre os gregos tinham o "sentido político" referente aos perigos e poder da palavra, num momento em que a sociedade grega passa por grandes transformações.

Trata-se, como aponta Fontes[17] de uma redução sofrida pelos estudos retóricos, que nos faz lidar com "um fragmento de uma disciplina que antigamente era definida pela totalidade das operações que a compunham";

> uma técnica privilegiada (uma vez que era preciso pagar para adquiri-la) que permite às classes dirigentes assegurar-se da propriedade da palavra. Sendo a linguagem um poder, ditaram-se regras seletivas de acesso a esse poder, constituindo-o como pseudociência, fechado "àqueles que não sabem falar", tributário de uma iniciação dispendiosa; nascida há 2.500 anos de processos de propriedade, a retórica se esgota e morre na classe de "retórica", consagração iniciática da cultura burguesa[18].

2.3. A herança colonial jesuítica: diluição e conservação

O objetivo religioso do *Ratio Studiorum,* aliado ao seu conteúdo literário e retórico, marca decisivamente a formação de letrados até meados do século XVIII. Com as reformas do Marquês de Pombal, inspiradas no movimento iluminista e com objetivos de transformar Portugal numa metrópole capitalista e adaptar a colônia à nova ordem, a Companhia de Jesus é expulsa do Brasil, em 1759. Surge um ensino público financiado pelo Estado e com o objetivo de formar o indivíduo para o Estado e não mais para a Igreja, tornando mais nítido o caráter autoritário do paternalismo estatal.

O ensino passa a ser organizado em forma de aulas avulsas de latim, grego, filosofia, retórica[19]. Com o objetivo maior de se tornar o mais prático possível, o ensino de latim visava apenas ao domínio da cultura latina e a auxiliar a língua portuguesa; o de grego previa o vencimento gradual das dificuldades; e "a retórica não deveria ter seu uso restrito ao público e à catequese", mas também "tornar-se útil ao contato cotidiano"[20].

É também nessa época que as mudanças decorrentes das perdas políticas de Portugal fazem surgir a necessidade de preparo nas técnicas de leitura e escrita. E a vinda da família real para o Brasil (1808) torna necessárias várias mudanças no campo administrativo e intelectual. São criadas no Rio de Janeiro a Imprensa Régia (1808), a Biblioteca Pública (1810) e a primeira revista: *As Variações ou Ensaios de Literatura* (1813). Criam-se também cursos para o preparo de pessoal mais diversificado e inaugura-se o ensino de nível superior, com uma preocupação basicamente profissionalizante. O tratamento dado ao estudo de economia, biologia etc. seguia, no entanto, "padrões mais literários [retóricos] que científicos"[21].

Com a conquista da autonomia política e o surgimento da nação brasileira, decorrentes da Independência do Brasil em relação a Portugal, a organização educacional também exigia alterações, as quais não conseguiram passar do papel, pela falta de pessoal preparado para o magistério e de amparo profissional e porque não estavam disponíveis os recursos exigidos para uma reorganização da estrutura escolar.

A instrução secundária, por sua vez, apesar da busca de organicidade, com a criação dos liceus provinciais (entre eles, o Colégio Pedro II, em 1837), continuou a se constituir, na prática, de aulas avulsas (ou da reunião delas) de latim, retórica, filosofia, acrescidas das de geometria, francês e comércio.

A partir de 1840, com o sucesso da lavoura do café, enquanto solução temporária para a crise do modelo agroexportador dependente, começam a se fazer necessárias transformações da sociedade brasileira atendendo tanto às exigências internas quanto às do capitalismo internacional. Nesse contexto de passagem para uma sociedade urbano-agrícola-comercial, o campo educacional é marcado por "férteis realizações"[22], mas não se promovem reais transformações. Isso porque quem propunha mudanças eram pessoas que, pertencentes a grupos sociais privilegiados, passavam pelo ensino superior aqui existente (o qual começa, por isso, a receber todos os cuidados do Estado). Essa elite conhecia e discutia as novidades, principalmente europeias, mas, por outro lado, sofria as consequências de uma formação escolar que envolvia "um gosto acentuado pela palavra"[23].

A instrução primária não sofreu alterações básicas nem conseguiu, durante o Império, estender-se enquanto bandeira liberal a toda a população, pela falta de escolas, de pessoal docente e de organização administrativa. Quanto à instrução secundária, esta se caracterizava ainda pelo predomínio literário e aplicação de métodos tradicionais, passando a ser predominantemente para alunos do sexo masculino e sob os auspícios da atuação privada.

O dilema do ensino médio, nessa época, consistia na busca de conciliação entre formação humana com base na literatura clássica e formação humana com base na ciência, inspirado nos moldes franceses, sem que se conseguisse conciliar formação humana e preparo para o ensino superior.

No contexto das influências positivistas no campo educacional que marca a fase republicana, tem-se a Reforma Benjamin Constant (1891), norteada pelos princípios da liberdade e laicidade do ensino e da gratuidade da escola primária. São introduzidas as ciências na tentativa de substituir a predominância literária pela científica, buscando-se ao mesmo tempo resolver os dilemas enfrentados pelo ensino secundário durante o Império. Não conseguindo corresponder ao modelo pedagógico de Comte, quanto à idade de introdução dos estudos científicos, a reforma foi alvo de muitas críticas e, na prática, acabou ocorrendo apenas "um acréscimo de matérias científicas às tradicionais, tomando o ensino enciclopédico"[24].

O desenvolvimento do processo de urbanização traz consigo as exigências de aprendizagem de técnicas de leitura e escrita, como necessárias à integração no novo contexto social. Iniciam-se campanhas pelo combate ao analfabetismo, que pressionam no sentido do acesso à instrução, não acompanhado, no entanto, de qualidade e rigor.

A educação se torna uma bandeira de luta, no período pós-republicano, e surge como o caminho natural para a difusão das ideias nacionalistas, fazendo-se acompanhar da criação de uma literatura especificamente escolar, que traz os ecos europeus do desenvolvimento do gênero e se apresenta como veículo dos valores que à escola cumpre difundir, ao mesmo tempo em que permanece o caráter enciclopédico e o ensino do tipo literário na instrução secundária e no ensino superior, associado ao "dilema imperial" não resolvido. Com as transformações mais abrangentes da sociedade e a sofisticação de suas instituições – principalmente através do processo de urbanização e industrialização aceleradas a partir da Primeira Guerra Mundial –, com os movimentos populares que pressionavam o desdobramento do sistema educacional e a disseminação da crença na educação como um fator de mobilidade social, tornando-a um atrativo para o povo, e com a abertura de novos caminhos para a penetração e difusão do espírito literário e das formas de expressão cultural, a escola deixa de ser o centro difusor, por excelência, da literatura e da cultura clássica. Permanece, no entanto, e agora com mais agudeza, a contradição entre trabalho manual e intelectual e entre formação acadêmica e profissional, e se afirma, paralelamente, o crescimento da literatura especialmente dirigida ao público escolar e adequada a ele.

A busca do desenvolvimento econômico não acompanhado de mudanças na ordem social torna falaciosas as intenções de democratização do ensino, o que vem se explicitar na Reforma Capanema (1942), durante o Estado Novo. Objetivando a preparação das "individualidades condutoras", o ensino secundário traz a necessidade da formação moral e cívica e novamente se privilegia o modelo humanista fundado nas letras clássicas (uma forma já mais "pasteurizada" dele) em detrimento do humanista de base científica.

Mesmo assim, a escola continua a se fazer necessária a um número cada vez maior de brasileiros. Surgem os movimentos populares organizados que ocorrem muitas vezes fora da instituição escolar (como os CPCs, por exemplo). A busca, por parte de determinados grupos, de uma educação que atendesse aos reclamos da maioria da população é interrompida com o golpe militar de 1964.

O modelo econômico brasileiro consolidado na década de 1960, propulsionado, entre outros, pela consciência do subdesenvolvimento que se manifesta claramente a partir de 1950[25], pressupunha mudanças estruturais e de inserção do Brasil no capitalismo internacional, mudanças estas a serem operacionalizadas pela educação. A escola é reformulada, a fim de formar mais rapidamente a mão de obra necessária ao mercado de trabalho e, ao mesmo tempo, "atenuar as tensões e conflitos sociais surgidos do estrangulamento da única via de ascensão social mais promissora, o estudo acadêmico"[26].

Concomitantemente à busca de alinhamento capitalista, a consciência do subdesenvolvimento gera também uma mudança nos processos de criação e nos meios de comunicação, o que vem se somar ao conjunto dos outros elementos superestruturais e à escola, em particular, na difusão e circulação das ideologias. Como parte do *know-how* cultural dos países desenvolvidos, na década de 1950, a televisão se instala definitivamente no Brasil, e esse veículo será o grande protagonista na transmissão e sustentação ideológica dos princípios "revolucionários" a partir de 1964[27].

Nesse contexto, surge a Lei nº 5.692, de 1971, institucionalizando a terminalidade do 2º grau, através de um suposto ensino profissionalizante, e reforçando a distinção entre trabalho manual, destinado às massas e gerador de mais-valia, e trabalho intelectual, destinado a alguns poucos com vocação e competência.

Com base nesses pressupostos políticos alteram-se programas, currículos e metodologias, a fim de se adequarem à nova "clientela" que chegava com a "democratização" do ensino, ou, mais precisamente, para prevenir o surgimento de contra-ideologias.

Na "Mensagem do Senhor Presidente da República ao Congresso Nacional", em 25/06/71, afirma Emílio G. Médici:

> Objetivam essas medidas, no seu conjunto, democratizar o ensino, de maneira que a todos se assegure o direito à educação. Abre-se caminho, destarte, para que possa qualquer do povo, *na razão de seus predicados genéticos, desenvolver a própria personalidade* e *atingir, na escala social, a posição a que tenha jus.*
> Para que responda plenamente a esse propósito, necessita o sistema educacional submeter-se a *contínuo processo de correção* e *aperfeiçoamento*[28].

As questões mais perigosas foram logo tratadas pela nova legislação e programas de ensino, buscando imprimir "ao sistema educacional maior rendimento, tanto em termos de quantidade como de qualidade"[29], ou seja, para melhor servir aos interesses dos grupos hegemônicos da sociedade brasileira.

Tomando como ponto de partida uma concepção sistêmica de educação e as mais modernas teorias científicas sobre o desenvolvimento da personalidade, a estrutura educacional passa a ser dividida em três graus, como forma de garantir a elevação do nível de escolaridade mínima do "homem comum", que, sem o exame de admissão ao ginásio, passaria de 4 para 8 anos. São invocadas, pela Lei, como justificativas, duas ordens principais de razões:

> o maior desenvolvimento sócio-econômico [que] vai incorporando à força de trabalho e de consumo amplos segmentos da população, antes marginalizados, para os quais a Educação já surge como necessidade imediata. [...] a evolução dos conhecimentos, determinando novas técnicas de produção e formas de vida, num mundo governado pela ciência, que tornam insuficiente a tradicional educação primária como preparo do homem comum[30].

O objetivo para o ensino de 1º grau passa a ser a formação da criança e do pré-adolescente, com conteúdos e métodos adequados ao "aproveitamento total de seu processo evolutivo", sendo que, na fase final desse nível de ensino, "a par da educação geral, dar-se-á atenção especial à sondagem de aptidões e iniciação para o trabalho"[31]. E o núcleo comum de matérias no 1º grau é dividido em três áreas: Comunicação e Expressão, Estudos Sociais e Ciências.

Do ponto de vista da organização curricular, essa reforma, propondo a formação especial (profissionalizante) aliada à formação geral, trouxe consequências desastrosas. Na prática, a formação geral se diluiu em facilitações e generalidades, e a formação especial ficou, na maior parte dos casos, restrita às áreas (como Contabilidade, Secretariado, Magistério e outras) que não necessitam de laboratórios ou equipamentos sofisticados.

Quanto à instrução primária, esta muito pouco avançou (haja vista os índices de repetência e evasão nas primeiras séries do 1º grau). De qualquer modo, pelo aumento significativo da população, cresce também o número de alfabetizados, o que não significa obrigatoriamente que tenha aumentado, na mesma proporção, o número de leitores da literatura. Tanto porque o número de "leitores reais" é muito menor do que o já reduzido número de alfabetizados, como também pelo fato de com a educação escolar passarem a concorrer os meios de comunicação de massa e de modo tal que, quando as pessoas do povo (o "homem comum") chegam finalmente à instrução elementar, buscarão – como de certo modo já o fazem, através da história em quadrinhos, dos desenhos animados, das novelas de rádio, revista e TV –

> satisfazer fora do [certo tipo de] livro suas necessidades de ficção e poesia, "passando" diretamente da fase folclórica para essa espécie de folclore urbano que é a cultura massificada[32].

Ao utilizar os recursos da mídia como forma de atualização e facilitação do ensino, a escola promove uma catequese às avessas daquela realizada pelos missionários coloniais que buscavam, através de "formas literárias consagradas equivalentes às que se destinavam ao homem culto de então", tomar acessíveis os princípios da religião e da civilização metropolitana[33]. A velha retórica é assimilada como fragmento e progressivamente por outros setores do saber[34], e se delineia o surgimento não mais de um *conteúdo retórico*

– como ocorria nas classes de Humanidades previstas no *Ratio* –, mas de uma atitude *contaminada pelo retórico,* que se torna o "currículo oculto" da escola e particularmente do ensino de língua e literatura, ou seja, enquanto atitude necessária à operacionalização dos objetivos políticos implícitos num sistema educacional coerente com um modelo desenvolvimentista de país capitalista de Terceiro Mundo, acostumado ao transplante cultural e à modernização que se paga com a dependência.

Assim, a preocupação maior deixa de ser com a tematização da Retórica e se desloca para uma prática retórica (e perversa) que busca, através da intermediação da instituição escolar e da indústria cultural, satisfazer à necessidade de fantasia, reduzindo ao mínimo o elemento estético (e confundindo-o com desígnios éticos e políticos), sob o respaldo de uma adequação imobilista ao gosto "pobre" e fácil de "massa" popular que a escola se viu "obrigada" a educar.

2.4. Uma herdeira desavisada: a repetição do mesmo

Os fios dessa história começam a me enredar em 1961, quando entro para o grupo escolar de uma cidade do interior, cheia de sonhos e vontade de aprender o que de novo as letras pudessem me ensinar.

Filha de professora primária, eu tinha em casa algumas coleções de livros que minha mãe comprava para as necessidades futuras de estudos escolares. Dentre eles, os que mais me fascinavam eram os contos de fadas de diversos países, que eu lia e relia até a saciedade.

Não me lembro de ter lido na escola primária e secundária nada além do livro didático e tampouco tinha alguém que me contasse histórias. As indicações de leitura pelos professores começaram a surgir no 2º grau, ligadas ao ensino de literatura. Minha formação literária se resumia a esses e outros livros que aleatoriamente tomava emprestados na Biblioteca Pública ou pegava na pequena estante de casa.

Lia, então, para satisfazer minhas preocupações e alimentar meu coração adolescente. Das leituras que me faziam sonhar com um final feliz para minha vida até um *Quincas Borba,* que reli várias vezes por volta dos 14 anos, e não sabia muito bem o que fazer com a visão de mundo que Machado de Assis propunha.

Na faculdade li mais e aprendi a teorizar e refletir analiticamente sobre o que lia. Apaixonei-me pela possibilidade de desfazer, através da análise, o suposto caminho percorrido pelo escritor. Durante esse curso, realizado entre 1972 e 1975 – nos anos áureos de uma geração pós-"revolucionária" –, eu tinha uma vaga ideia de que o mais provável campo de trabalho seria o magistério.

Das vagas ideias às vagas ações. O que preciso ensinar? O que meu aluno precisa saber? Que aluno desejo formar? E ele, o que espera de mim e da escola? Foram procedimentos construídos na prática solitária, através das mais elementares tentativas de ensaio e erro. Tinha aprendido que as teorias acadêmicas não deviam ser passadas ao aluno. O que fazer então?

O que de mais "avançado" aprendi, em termos de teoria e prática de ensino, foram alguns rudimentos de psicologia do adolescente e algumas estratégias e técnicas de ensino. Acabei, assim, seguindo inconscientemente o rumo da repetição do modelo de escola que eu mesma tinha vivenciado. Se a literatura é tão abstrata, comecemos pela gramática. Mas para mim, que gostava de ler e de escrever, isso não satisfazia. Nem estava de acordo com a riqueza de emoções e sensações vividas por meus alunos adolescentes no 2º grau. Então escrevíamos e organizávamos revistas com textos deles. Apesar de vibrar com essas produções, fui percebendo lugares-comuns e, devido à minha própria trajetória crítica de descoberta do mundo (ainda que tardia e incompleta), eu queria que eles também começassem a refletir mais profundamente, que realizassem um processo de desvendamento cuja necessidade já me parecia fundamental. Entrevia caminhos, mas faltavam-me meios.

Inquieta, porém mal formada. Cheia de sonhos e intuições, porém mal informada. Efetivo-me e começo a trabalhar sistematicamente com alunos de 5ª a 8ª série. Angústias e dificuldades tornaram-se mais nítidas, à medida que o trabalho avançava.

A faixa etária e social com que deparo tem o mesmo caráter de transição e confusão que o momento que eu vivia. Nem crianças, nem jovens; nem pobres, nem ricos. Quais suas aspirações, seus sonhos, suas necessidades? Que leituras indicar? Que propostas, que projeto de vida esboçar?

Certamente (?) não poderia indicar as leituras de que eu gostava naquele momento. Eu não era eles, não tinha sua idade, nem sua história. Sabia-me bastante exigente e queria encontrar maneiras de neutralizar essa característica pessoal.

Por essa época, comecei a receber periodicamente livros paradidáticos enviados como "cortesia" das editoras. Pelo conteúdo apelativo e pelas supostas aspirações da idade, passei a indicá-los. Eram também baratos e... finos! Depois de lê-los, levava à sala de aula e pedia que selecionassem um para cada bimestre. Processo de idas e voltas. Esbarrava com o problema de nem todos gostarem do mesmo livro, mas os convencia de que era o único jeito de trabalharmos em conjunto. Os que gostavam pediam mais; os que não gostavam encaravam a leitura como uma tarefa a ser cumprida com vistas à avaliação. Nesse caminho, sondava o gosto, o que de novo me remetia aos mesmos textos. A noção de "carência" estava muito presente e, se esse era o único jeito de fazê-los chegar à leitura de textos literários, achei que deveria continuar por aí.

Por outro lado, perguntava-me a todo momento por que eles não gostavam do que eu considerava bom. Seria só uma inadequação desse "bom" à etapa de desenvolvimento intelectual e psicológico desses alunos? Estaria eu me baseando num conceito "elitizado" de literatura em detrimento daquilo de que eles gostavam? Até que ponto o gosto deles não seria um indicador a ser valorizado e respeitado? Mas, também, por que não lhes dar a oportunidade de conhecer e gostar daquilo que foi apropriado por uma elite? Ou o ponto de partida seria o interesse pelo que agradava, para levá-los a conhecer textos "realmente literários"?

Esse "realmente literário" estava confuso para mim. A princípio, o parâmetro parecia ser ingenuamente o meu próprio gosto. Depois comecei a investigar as relações entre produção literária e condições históricas e sociais. O que é considerado grande literatura em determinado momento histórico e social pode não sê-lo em outro. Há certa literatura, porém, que parece extrapolar tais condicionamentos. *Madame Bovary* (G. Flaubert) e *Senhora* (J. Alencar) me seduziram tanto quanto *Grande Sertão, Veredas* (G. Rosa) e *Vidas Secas* (G. Ramos). Adorno[35], minha primeira paixão teórica, afirmava que a relação entre lírica e sociedade não se esgota na visão alienada e alienante que o lirismo parece estabelecer. E eu não precisava me envergonhar por amar Cecília Meireles ou Clarice Lispector.

Nessa busca, percebi que o literário não se resumia à dicotomização conteúdo e/ou forma, mas tinha a ver com o texto em sua totalidade e em suas relações com o contexto literário, histórico e social. E transportei essa preocupação para a sala de aula.

Questões educacionais também começaram a incomodar. O mal-estar com o ensino de Português era compartilhado não só por colegas da mesma área como por todos os educadores. Constatações como as que seguem passaram a ser a tônica das conversas: "o nível do ensino baixou", "no meu tempo não era assim", "antes a gente lia mais e coisas melhores", "hoje os alunos não querem saber de nada". Se eu compartilhava das preocupações, não podia tão tranquilamente aceitar as explicações que me pareciam simplistas e generalizadoras: "a culpa é do governo com seu descaso pela educação", ou "da democratização da escola que aceita qualquer tipo de aluno", ou "da má formação do professor", ou "da influência dos meios de comunicação de massa, neutralizando o papel da escola", ou "do período pós-'revolucionário' repressor" etc. etc.

capítulo 2 • 31

Apesar dos conhecimentos históricos, literários e educacionais insuficientes, alguma coisa não me ficava muito clara. Será que antes era mesmo melhor? Será que as gerações que se formaram numa escola "elitista" eram mais conscientes e interessadas? A leitura dos textos ditos clássicos informava e formava com mais qualidade?

As dúvidas incomodavam, mas a precariedade da situação exigia respostas rápidas. Era preciso continuar trabalhando, apesar de tudo. E defini, com mais certeza, minha opção pela escola pública enquanto espaço de trabalho e luta, pelo fato de nela estar a maior parte dos brasileiros em idade escolar.

Comecei a achar que estava subestimando a capacidade dos alunos, pessoas que sofriam na pele essas condições das quais o professor reclamava.

Quis conhecê-los melhor. Perguntando, investigando e pesquisando, fui delineando seu perfil. Alunos de classe média-baixa ainda acreditavam no estudo como forma de realização das frustrações paternas mais do que das pessoais. Mas também tinham incorporado o discurso da escola enquanto possibilidade de ascensão social. Queriam ou foi-lhes ensinado a querer algo dessa instituição. Esta, porém, sob certos aspectos, perdia para outros apelos rotineiros em suas vidas e, entre eles, os meios de comunicação de massa. Estudar era encarado mais como *assistir às aulas,* porque fora da escola a maior parte do tempo era ocupado com a TV, histórias em quadrinhos e os tipos de lazer próprios da idade. Quanto aos livros, na maioria dos casos, resumiam-se àqueles indicados por mim.

Em vista dessas condições, começou a me parecer que aquilo que observava como gosto não era tão ingenuamente "natural" assim. Era antes um dado profundamente marcado e condicionado. E agora? Estaria eu apenas contribuindo para o fechamento do círculo? Como avançar?

No início, eu trabalhava mais na base do "ler mesmo que sejam esses livros, porque acho importante, sem saber bem por quê nem onde chegar". Fazíamos ao final do bimestre uma prova em que eu perguntava sobre personagens, tempo, espaço, temas, resumo do enredo e opinião. Baseava-me mais na memorização e conhecimento de alguns elementos. Deixava que a fruição (ou não) acontecesse sem interferência. Só queria um dado objetivo para tentar aferir essa leitura. Eu precisava saber como eles a recebiam. Esse caminho, no entanto, não estava me levando muito longe.

Resolvi aprofundar a penetração nos textos com a 7ª e 8ª série. A princípio com os mesmos livros que até então usávamos: os da série Vaga-Lume, da Ática. Como não os achava "bons" e por uma questão de coerência, comecei a propor uma "desmontagem" da estrutura narrativa, num primeiro momento de análise, para, em seguida, tentarmos compreender como se relacionavam, dentro de um contexto literário, histórico e social, os diversos elementos, a fim de produzir este ou aquele efeito no leitor. Esse distanciamento foi, de certo modo, muito rico e produtivo. Chamávamos de "seminário" essa atividade em que os alunos liam e depois, reunidos em grupos, pesquisavam, estudavam o texto e elaboravam uma proposta de análise que era discutida com as demais equipes.

Eu me emocionava tanto com a vibração que percebia neles, com a descoberta de que eles eram capazes de mastigar a carne, enquanto eu insistia na sopinha!

Caminho curioso começamos a vislumbrar. Conhecer não só para desmontar um esquema, mas também para, através da consciência dos procedimentos possíveis, criar. A produção escrita começou a se modificar, a se aprofundar. As diferentes perspectivas do narrador, o "fingir tão completamente/que chega a fingir que é dor/a dor que deveras sente", ou "Para ser grande, sê inteiro: nada/Teu exagera ou exclui./Sê todo em cada coisa. Põe quanto és/No mínimo que fazes./Assim em cada lago a lua toda/Brilha, porque alta vive" (F. Pessoa) foram as primeiras e mais emocionantes descobertas.

O *corpus* começou a ser insuficiente e eles mesmos passaram a querer outros textos. De O *Mistério do Cinco Estrelas* (M. Rey) a *Revolução dos Bichos* (G. Orwell) e *Senhora* (J. Alencar) foi um salto essencialmente qualitativo, naquele momento. Ao final de uma 8ª série, chegamos a trabalhar com as diversas tendências da produção poética desde o Romantismo até os contemporâneos. Confrontávamos na 6ª série a visão idealista de *Justino, o Retirante* (Odete de Barros Mott) com as notícias (tendenciosas e sensacionalistas ou não) sobre a seca do Nordeste brasileiro, discutindo (de maneira simples, ainda) as relações entre ficção e realidade. A discussão e a participação também cresceram.

Mas, infelizmente, eu continuava indicando as leituras (ainda que houvesse certa variedade para a opção) e utilizando o livro didático. E, enquanto liam em casa, estudávamos gramática em classe, e eu aprovava ou reprovava também baseada na compreensão e/ou memorização de suas regras...

O que era então esse prazer que sentíamos? Da repetição fácil do mesmo, ou do trabalho árduo para a compreensão de uma outra coisa, que se aprende a "curtir"? Descoberta pessoal ou imposição da professora? Depois, passei a me perguntar se isso se tornou uma prática na vida fora da escola. Não sei. Porque, mais tarde, trabalhando com alguns desses e com outros alunos, no 2º grau, eles ainda pediam para ler, na escola, revistas como *Sabrina, Bianca* e *Julia,* ou até os mesmos livros que usávamos na 6ª série...

Pode e/ou quer a escola concorrer com a facilidade dos meios de comunicação de massa? Em nome do estímulo à leitura, não estaria eu fazendo uma concessão extremamente perigosa ("como se toda faca não tivesse dois gumes"), oferecendo o de que eles gostam, sedimentando e cristalizando, nesse espaço institucional e oficializado, normas estéticas e linguísticas, aquilo com o qual não concordo? Não estaria, em nome da "democracia" e do espontaneísmo, formando um gosto que questiono? Tenho o direito de formar esse gosto? Qual a leitura que proponho? Por quê? Para quê? Com medo de ser bruxa, fui fada ou... Pilatos? Por que formar leitores?

2.5. O reconhecimento do legado: mergulho na história

Em 1978 iniciei o mestrado em Teoria Literária, momento em que comecei a lecionar no período noturno em um bairro da periferia da cidade fabril de Americana/SP. Minha enorme ansiedade parecia não encontrar ecos nas discussões que se levavam na universidade, razão pela qual abandonei o curso. A gradativa tomada de consciência das condições de escolarização da leitura da literatura e a impossibilidade de encontrar alternativas em uma prática solitária fizeram-me sentir a necessidade de retornar à universidade como uma das formas de refletir teoricamente sobre o cotidiano do ensino-aprendizagem, espaço por excelência hoje para a formação de leitores da literatura. E a opção, agora mais clara para mim, foi o mestrado em Educação – Metodologia de Ensino.

Paralelamente ao curso de pós-graduação e ao exercício do magistério, comecei a participar dos grupos de discussão sobre ensino de Português, promovidos pela Associação dos Professores de Língua e Literatura (APLL), em que analisávamos experiências pessoais e discutíamos a viabilidade de propostas teóricas. Entre 1983 e 1984, participei do Comitê de Comunicação e Expressão da Fundação para o Livro Escolar (FLE)-SP para a análise de livros didáticos usados no ensino de 1º grau na rede oficial, onde se evidenciou a influência decisiva desse material no cotidiano de professores e alunos, definindo na prática os rumos do processo de ensino-aprendizagem.

A partir de 1984, iniciei o trabalho junto à Monitoria[36] de Língua Portuguesa da 2ª Delegacia de Ensino de Campinas/SP. Ainda que afastada temporariamente das funções docentes, o conhecimento e reflexão sobre essas questões se intensificaram, uma vez que passei a trabalhar com professores de Língua Portuguesa, no sentido da discussão e busca conjunta de soluções para os nossos problemas, o que se intensificou a partir do contato com meus alunos de um curso de licenciatura em Letras de uma faculdade particular.

Foi também nesse período que comecei a participar do projeto "Desenvolvimento das Práticas de Leitura, Produção e Análise Linguística de Textos", sob a coordenação dos professores João Wanderley Geraldi (IEL-Unicamp), Raquel Salek Fiad (IEL-Unicamp) e Lilian Lopes M. da Silva (FE-Unicamp).

Em todas essas discussões foram sendo apontados problemas comuns aos professores da disciplina e ao ensino de maneira mais geral, ao mesmo tempo em que se levantavam hipóteses sobre as causas da situação que se constatava e se buscavam alternativas de trabalho. Os problemas relativos à leitura e à escrita eram apontados como os mais evidentes, exigindo respostas urgentes de nossa parte. As reflexões, no entanto, começaram a mostrar que esses problemas eram apenas a ponta do *iceberg,* uma vez que estão envolvidas questões mais abrangentes das quais soluções fragmentadas não conseguem dar conta.

De alguns anos para cá, e mais intensamente nesta década, coincidindo com a abertura política do país, as questões acima vêm sendo objeto de inúmeras discussões em encontros, seminários e congressos, e os diversos setores da sociedade vêm, tímida e paulatinamente, se organizando no sentido de repensar o projeto de nação que corresponda às suas necessidades históricas e o papel histórico e político da leitura e da literatura nesse contexto de "transição".

Aqueles que detêm o poder político e econômico, por sua vez, atentos a esse movimento, têm-se esmerado na agilização dos mecanismos que garantam a sobrevivência do sistema, ao mesmo tempo em que atenuem as pressões geradas pela insatisfação popular e pelas pesquisas na área.

A atuação do Estado tem-se caracterizado pela implantação de projetos emergenciais que, dada a (in) definição de uma política educacional e cultural (para ser, no mínimo, complacente), se apresentam fragmentados, com resultados qualitativos questionáveis. Podemos tomar como exemplo o Programa Nacional do Livro Didático da FAE que distribuiu, em 1986, 42 milhões de livros escolares de 1º grau, atendendo a 25 milhões de alunos, num total de 400 milhões de cruzados em papel[37], e que hoje se encontra praticamente esquecido. Ou o acordo entre a Fundação Victor Civita e o Ministério da Educação, no qual este último assumiu 52% dos custos de produção de 220.000 exemplares da revista *Nova Escola* distribuída a toda a rede escolar do país e destinada à atualização e informação do professor[38]. Ou ainda iniciativas associadas ao poder privado, como os projetos "Ciranda de Livros" e "Viagem da Leitura", entre outros. Já beneficiadas com esses projetos, as editoras também se lançaram na conquista de outra faixa do mercado. Surgiram as coleções paradidáticas e se intensificou a produção de livros para crianças, ambas as iniciativas destinadas a conquistar o público leitor na escola.

Seja como for, desse ponto de vista, o problema é muitas vezes encarado (propositadamente) de forma fragmentada, como se a oferta (indiscriminada) de livros, por si só, resolvesse os problemas do analfabetismo, da evasão e repetência escolar, do ensino de Português e do caos educacional do país.

É evidente que não se descarta a necessidade de material didático para as crianças que não podem comprá-lo, ou a possibilidade de se utilizarem os meios mais modernos para se atingirem os professores, principalmente os que se encontram mais afastados dos grandes centros urbanos. O problema é saber quem está lucrando com essa situação; se tais projetos conseguem extrapolar o imediatismo paternalista e se caracterizar como medidas de peso no âmbito das transformações da sociedade em geral e da educação e da leitura em particular; como está sendo utilizado o dinheiro público; e se essas medidas beneficiam qualitativamente a maioria da população.

Deixando de gerir o bem comum e sem a participação de todos os segmentos da sociedade, o Estado favorece o surgimento de uma censura velada do mercado editorial sobre o público leitor. Sob a desculpa de se adequar a esse público, os interesses do capital o moldam e a "democratização da leitura" escamoteia as diferenças sociais reproduzidas na questão do gosto. A indústria cultural, pela produção em larga escala, apresenta produtos baratos e mais acessíveis a um consumidor "pobre" (através da iniciativa pessoal de compra ou do Estado enquanto intermediário) e produtos mais elaborados para um público mais exigente e intelectualizado[39].

A expansão quantitativa não foi seguida de sua correspondente em termos qualitativos. Assim sendo, essas medidas de impacto, na prática, acabam não só beneficiando o poder privado como também transferindo para esse setor a responsabilidade de definição de um "currículo oculto" que, usando da força da leitura, maneja-a de acordo com os interesses dos que detêm o poder político e econômico.

Se, no Brasil, Estado e sociedade têm interesses antagônicos, falar em participação democrática pode ser uma forma de mascarar a omissão (proposital?) e abrir espaços para a ingerência de interesses de grupos minoritários, ditando na prática uma política para a educação e a cultura.

Quem está se beneficiando com a crise da leitura e da educação? Quem está cuidando das feridas sociais?

Por estar investindo numa área em que o poder público não tem condições de atuar plenamente, a iniciativa privada encontra justificativas altruístas para a defesa de seus interesses: "O mundo está em crise e isso é excelente para a venda de livros, pois é neles que se busca *(sic)* respostas para a falta de perspectivas em que nos achamos mergulhados atualmente"[40].

2.6. A legitimidade da posse: caminhos por fazer

Como se vê pelo consenso "supra-ideológico", para formar leitores não basta oferecer livros. É preciso buscar respostas e alternativas para algumas questões que têm a ver com a concepção de sociedade, de educação, de linguagem, de leitura e de literatura pelas quais optamos.

Por quê, para quê, como, o quê, onde, quando, quem lê? Quem forma o leitor (produz, edita, seleciona, utiliza os textos)?

A leitura da palavra escrita pressupõe a alfabetização, o que, em nossa sociedade e cultura livresca, se dá no âmbito escolar. Através desse rito iniciatório, são aprendidos como normas certos códigos de leitura e escrita (nem neutros, nem casuais), que mediarão as relações do leitor com escritos oficializados como textos. Tais normas serão trabalhadas, posteriormente, e consolidadas em todas as disciplinas, como atividades esporádicas, através das quais se veiculam determinados conteúdos específicos. Cabe, porém, à disciplina Português o trabalho sistemático com essas normas, na medida em que elas serão aí entendidas não só como atividades, mas também como conteúdos de ensino. E, pela fragmentação dos currículos, a leitura, em Português, acaba recaindo sobre os chamados textos literários.

A atual legislação educacional, através da organização de currículos e programas, confere ao 1º grau um caráter propedêutico, lançando para o 2º grau (que, na maioria das vezes, não sai do plano teórico) o trabalho sistemático com a leitura e a literatura[41]; por outro lado, e como "sinal dos tempos", os estudos teóricos têm contribuído para a difusão de uma atitude de ênfase na chamada "leitura recreativa e lúdica", a fim de despertar o gosto de ler. Desse modo, a preocupação com a formação de um futuro leitor da literatura desvia a atenção de seu presente histórico e contribui para reforçar o mito da acientificidade dos estudos literários (religião, futebol e literatura não se discutem), ao mesmo tempo em que propicia a utilização de seus aspectos "agradáveis" visando facilitar a especulação arbitrária e a introjeção do gosto sob a anestesia do "útil universalizado".

A escolarização da leitura envolve, assim, as contradições dessa instituição, inserida no contexto de modernização capitalista, aliadas à tradição educacional e cultural brasileira marcada por uma tendência literária e retórica. Se a tendência literária parece ter-se diluído, devido ao imediatismo e pressões do processo de industrialização, que torna necessária a escolarização das classes trabalhadoras, a indefinição entre preparo profissional e formação humanística não exclui do ensino da leitura e da literatura a tradição retórica (na prática, um "retalho da cultura clássica") que vê no texto um instrumento de convencimento e persuasão.

Essa situação alimenta tanto a produção de livros quanto a necessidade de sua utilização na escola, e, para atingir mais facilmente o leitor, envereda-se pelos caminhos da banalização sob a máscara demagógica de adequação ao gosto dos alunos.

Sob o pretexto de estimular o gosto pela leitura, a produção de livros infantis e juvenis, destinados principalmente à veiculação pela escola, cresceu muito nas duas últimas décadas. Se a quantidade é animadora, as condições de emergência e utilização escolar desses textos levantam certas suspeitas quanto aos objetivos qualitativos almejados pelo consenso em relação às necessidades de estímulo à leitura.

Assim, expande-se na escola de 1º grau o que poderíamos chamar de um "funcionamento conforme" da literatura infantojuvenil, o que, associado às péssimas condições de formação e trabalho do professor, à tradição retórica no ensino da literatura, às relações históricas entre literatura infantojuvenil e educação, à oficialização que a circulação escolar confere a esses textos, às contradições da escola num país capitalista de Terceiro Mundo e aos estímulos padronizados da indústria cultural na vida de nossos alunos, acaba moldando e imobilizando o gosto do leitor, tendendo a torná-lo consumidor da trivialidade literária, cultural, histórica e política, que enche os bolsos de alguns, mas esvazia os direitos de muitos a construir e participar da cultura e do conhecimento.

O problema da leitura e da literatura na escola, por isso, não se resume, a meu ver, a uma questão de adequação à faixa etária ou ao gosto do aluno, nem ao condicionamento neurotizante do hábito de ler através de técnicas milagrosas. E seu estudo envolve questões das quais nem a psicologia educacional, nem o saudosismo elitista, nem a denúncia de "conteúdos ideológicos" conseguem dar conta, isoladamente.

Tratar de leitura e literatura é tratar de um fenômeno social que envolve as condições de emergência e utilização de determinados escritos, em determinada época; é pensá-las do ponto de vista de seu funcionamento sócio-histórico, antes e para além de platônicos e redutores juízos de valor. E tratar em formação do gosto é retornar as relações entre leitura, literatura e escola do ponto de vista das possibilidades políticas do movimento no sentido de desestabilização da dicotomia entre *prazer* e *saber.*

Capítulo 3 **A leitura escolarizada**

> Discursos, sistemas de signos e práticas significativas de todos os tipos, do cinema e televisão à ficção e às linguagens das ciências naturais, produzem efeitos, condicionam formas de consciência e inconsciência que estão estreitamente relacionadas com a manutenção ou transformação de nossos sistemas de poder existentes.
>
> (Terry Eagleton)

3.1. Concepção e execução

A fim de cumprir os objetivos da escola de 1º grau previstos na Lei nº 5.692, publicam-se, em 1975, os *Guias Curriculares do Estado de São Paulo,* norteados por uma orientação comportamentalista (em termos de aprendizagem) e apresentando também a preocupação pela chamada operacionalização dos objetivos e a valorização das atividades como parte de uma visão empiricista de ensino[42], sem deixar de lado a formação humanística.

No caso de Comunicação e Expressão em Língua Portuguesa, baseando-se nas teorias linguísticas centradas no estruturalismo, então em vigor nos meios acadêmicos, os *Guias* trazem pressupostos que, se não assimilados diretamente pelos professores, acabam se refletindo negativamente na prática docente pela especial mediação do livro didático.

Nos *Guias,* a língua é pressuposta como algo pronto, uno e acabado, um sistema de formas sujeito a normas e sem história:

Língua e Pensamento são conceitos inseparáveis, interdependentes. Enquanto se aprende língua, desenvolvem-se os esquemas mentais pela possibilidade de abstrair das coisas e do tempo que a língua permite. Processos e procedimentos linguísticos favorecem o pensamento e sua organização. Não devemos esperar que um se realize primeiro: a partir do momento que a criança adquire a linguagem, os dois se interfluenciam. Daí a importância do ensino da língua para a simultânea evolução dos dois tipos de estrutura. O objetivo, pois, consiste, fundamentalmente, em favorecer a *aquisição de comportamentos de língua e de pensamento* e não apenas em informar[43].

Ao proporem a "aquisição de comportamentos de língua e de pensamento", os *Guias* excluem a participação do sujeito falante/escrevente – ouvinte/leitor e a concretude da comunicação verbal, homogeneizam as diferenças linguísticas, estéticas e sociais, através da imposição de conceitos abstratos e "misteriosos": *a* língua, *a* cultura, *a* leitura, *a* literatura.

Assim sendo, excluem uma concepção interacionista de linguagem, que julgo ser o ponto de partida possível para uma prática docente transformadora.

De acordo com essa concepção, a enunciação, enquanto produto do ato de fala, é de natureza social e se dá sempre na relação entre indivíduos socialmente organizados. Para Bakhtin[44] "a palavra revela-se, no momento de sua expressão, como produto de interação viva das forças sociais". Ela é o "signo ideológico por excelência" mas é também um "signo neutro", no sentido de que "pode preencher qualquer espécie de função ideológica, estética, científica, moral, religiosa". E devido a essa "ubiquidade social" ela se torna o "indicador mais sensível de todas as transformações sociais". Portanto, o estudo do material verbal e da literatura em particular – e suas funções de uso na escola – recolocam o problema da relação entre infraestrutura e superestrutura, buscando investigar não "como a realidade determina o signo", mas "como o signo reflete e refrata a realidade em transformação"[45].

É por isso sintomático que a escola opte por aquela concepção de linguagem e paralelamente enfatize, nos programas, a necessidade da criação de *hábitos* de leitura.

Na verdade, essa preocupação parece inserir-se em um "projeto desenvolvimentista de cultura", ou seja, "um projeto de consumo de bens culturais determinados para todos"[46]. Manipulado cuidadosamente pela tecnoburocracia, tal projeto "visa à assimilação de comportamentos necessários ao sistema produtivo", objetivando a "introdução planejada" de comportamentos culturais, numa versão moderna do antigo processo de persuasão retórica. O que interessa é buscar formas e técnicas novas para motivar a leitura sem que se discuta quem, como, o quê, para quê, por quê, quando, onde se lê; sem considerar que a luta pelo acesso à cultura faz parte da luta de classes, que cultura é um conceito histórico e mutável e que leitura envolve uma complexidade de objetivos, modos, métodos e objetos.

Juntando-se a tudo isso o ingrediente da motivação para o prazer de ler, configura-se, como aponta Perrotti, uma "violência subjetiva", pois através de uma persuasão planejada procura[-se] atingir zonas de reserva do indivíduo que, sob outras condições, seriam atingíveis somente pelo jogo social vivo[47].

Assim, a leitura é transformada em fetiche e o indivíduo, em consumidor, cabendo aos planejadores

administrar a organização da subjetividade alheia, mediante técnicas de racionalização capazes de conferir eficiência ao desejo[48].

Em outras palavras, permanece viva a tradição retórica – agora deslocada para um objeto menos direto: a leitura – que, sob o influxo de tendências modernizadoras e "científicas", manifesta-se como aquela "espécie de inconsciente do ensino de língua e literatura que praticamos ainda hoje"[49].

Senão, vejamos. Nos *Guias,* os objetivos propostos para a leitura são introduzidos por verbos, tais como: *reproduzir, classificar, determinar, identificar, detectar, delimitar, adquirir, organizar, distinguir.* Quanto à literatura, as obras serão utilizadas, de 5ª a 8ª série, para realizar as operações acima e para: *identificar* alguns gêneros literários, *recriar* um texto e *produzir* textos a partir de sua própria linguagem.

Como se vê, solicita-se do aluno uma atitude meramente passiva e reprodutora diante de um texto dado como "exemplar", ao mesmo tempo em que se trabalha com os aspectos estáticos da literatura, passíveis de serem operacionalizados e comportamentalizados, propiciando o desenvolvimento de uma trivialidade no trabalho com a leitura e a literatura e o estabelecimento de normas que reorientarão a produção encomendada de livros e textos escolares, num moto-contínuo e autorreprodutor.

A escola se torna, assim, o intermediário privilegiado na sistematização da trivialidade, na medida em que, como instância ao mesmo tempo legislativa e executiva, exerce uma censura velada, estabelecendo para quê, por quê, como, o quê, quando, onde e quem lê.

Mas a leitura não é um ato isolado de um indivíduo diante do escrito de outro indivíduo. Implica não só a decodificação de sinais, mas também a compreensão do signo linguístico enquanto fenômeno social. Significa o encontro de um leitor com um escrito que foi oficializado (pela intervenção de instâncias normativas como a escola, por exemplo) como texto (e como literário) em determinada situação histórica e social. E nessa relação complexa interferem também as histórias de leitura do texto e do leitor[50], bem como os modos de percepção aprendidos como normas, em determinada época e por determinado grupo.

De um ponto de vista interacionista, a leitura é um processo de construção de sentidos. Oscilando numa tensão constante entre paráfrase (reprodução de significados) e polissemia (produção de novos significados), ela se constitui num processo de interação homem/mundo, através de uma relação dialógica entre leitor e texto, mediada pelas condições de emergência (produção, edição, difusão, seleção) e utilização desses textos. Por isso,

> escrever, como ler, é sempre lançar questões à linguagem, às normas "estéticas" estabelecidas. [...] Porque

lançar questões à linguagem, à retórica, ao soneto ou à novela (escrevendo-os ou lendo-os) é lançá-las, através de múltiplas mediações, à sociedade em que vivemos, falamos, escrevemos[51].

Nesse sentido, assim como não se faz leitura como se fosse sobre um objeto sem vida, também o texto, que não é neutro, não existe sem a leitura, e o conjunto desse fenômeno se caracteriza como lugar de contradições e de possibilidade de ação, de transformação. Assim, pode-se falar de uma *relativa* pluralidade de significados previstos para e por um texto, mas que não são nem únicos, nem infinitos.

É sempre bom lembrar que a prática de leitura de textos, assim compreendida, deve fazer parte de todas as disciplinas que compõem o currículo escolar. Um texto de História ou de Ciências não é verdade imutável à qual não se aplique o conceito de leitura antes explicitado. Usando da linguagem escrita, esses textos também estão sujeitos às mesmas normas de funcionamento social do signo linguístico.

Os diversos tipos de texto podem ser usados para vários fins e em várias disciplinas, mas, de acordo com a compartimentalização hoje existente na escola, no caso específico de Língua Portuguesa, não é só o conteúdo do texto que faz parte do processo de ensino-aprendizagem; é sua condição de texto, visto na totalidade e que abrange os modos de produção e percepção, os códigos e normas linguísticas e estéticas, os conteúdos, enfim, as relações extra, intra, intertextuais.

Toda essa dinamicidade do processo de leitura, no entanto, acaba muitas vezes ficando de fora da escola, onde a leitura assume finalidades imediatistas e utilitárias, tais como: ler para fazer exercícios de interpretação, para estudar itens de conteúdos, para adquirir modelos de escrita, para gostar e se habituar, para conscientizar e politizar... Quer como pretexto para o desenvolvimento de objetivos e conteúdos arrolados nos programas das diversas disciplinas, quer enquanto instrumento de denúncia e conscientização, esses procedimentos não levam em conta a totalidade do texto, nem as suas possibilidades de utilização enquanto obras de linguagem.

Importa, pois, no âmbito da disciplina Língua Portuguesa, colocar em causa a função de "literário" e distinguir, na análise, o que diz respeito ao efeito estético e o que diz respeito a outras funções que o texto assume enquanto obra de linguagem, documento etc. Importa desmistificar a ambiguidade da noção de "valor literário", que mistura em si toda a sorte de utilização dos textos ("dados" como) literários.

3.2. A aquisição dos códigos de leitura e escrita

3.2.1. A alfabetização

Para ler e escrever é preciso, antes de mais nada, ser alfabetizado, tarefa que, em nossa sociedade, cabe historicamente à escola. Esta, no entanto, parece não estar tendo êxito em sua tarefa primeira, e os dados abaixo revelam sua incompetência (competente?) para "elevar o nível de escolaridade mínima do homem comum". Hoje, no Brasil, temos:

cerca de 30% de crianças e jovens dos 7 aos 14 anos fora da escola; 30% de analfabetos adultos e numeroso contingente de jovens e adultos sem acesso à escolarização básica;
mais de 50% de alunos repetentes excluídos ao longo da 1ª série do ensino de 1º grau;
22% de professores leigos[52];
8,8 anos de estudos considerados como média da população brasileira que frequenta escola, mas que, na verdade, representam 5 séries de estudo, pois o restante é desperdiçado com repetência[53].

Aliadas aos fatores sociais e econômicos (como o fato de 70% dos brasileiros se encontrarem em estado de extrema pobreza material[54]), e decorrentes deles, existem também causas internas que impedem a permanência e continuidade dos estudos àqueles que conseguiram ficar fora dessas estatísticas, mas certamente não frequentam escolas particulares.

Estudos recentes, como os de Paulo Freire e Emilia Ferreiro, têm mostrado que, ao entrar na escola, a criança traz consigo um conhecimento empírico em termos da leitura e escrita do mundo e da literatura. De um modo geral, porém, principalmente as crianças de estratos sociais mais baixos, que frequentam a escola pública, enfrentam dupla dificuldade: o *aprendizado da técnica de escrita e leitura,* em decorrência do pequeno contato anterior com o material impresso, pelas condições da família e de seu grupo social, e o *aprendizado de um registro linguístico, a "norma culta urbana"* que, embora seja uma abstração, é imposta como parâmetro para julgar errado ou inconveniente o modo de falar dessa criança.

Por não levar em conta a linguagem como forma de interação social e ignorando o contexto da enunciação, a alfabetização fica restrita ao aprendizado de uma técnica, consistindo apenas na codificação e decodificação dos sinais gráficos descontextualizados. Sem o devido adentramento nos textos a serem compreendidos, a insistência quantitativa num tipo de leitura mecânica e memorizadora acaba passando uma visão mágica da palavra escrita[55].

Enfatiza-se assim, tautologicamente, a conformidade com a norma (sem se discutirem as condições de produção, emergência e utilização dessa norma) como critério para distinguir o certo do errado, o verdadeiro do falso, invocando, para isso, uma pseudocientificidade que escamoteia os juízos de valor e transforma a norma em código, ou seja,

> em mecanismo aprendido, convertido em automático e sentido como evidente, que permite escrever e ler em uma época dada, em uma sociedade dada.[56]

Inicia-se, então, o processo de sistematização e condicionamento para a escrita e a leitura, pressupostos na visão comportamentalista da legislação.

Mas, se, como afirma Maurizzio Gnerre[57], ao analisar as relações entre linguagem, poder e discriminação, as variedades linguísticas valem o que valem seus falantes em determinado grupo social e determinada época, então interessa, para uma prática docente transformadora, trabalhar as diferenças sociolinguísticas e suas contradições, em vez de determinar sanções como a repetência e a evasão àqueles que não se "adaptam" às normas e códigos.

3.2.2. Primeiro cantato com a "leitura" na escola: o livro didático

Se consegue passar pelo rito iniciatório da alfabetização, ou seja, se se submete aos condicionamentos preparatórios para a leitura e escrita, demonstrando habilidades visuais, auditivas, motoras e físicas, e vencendo a cartilha, a criança recebe como prêmio o direito de começar a ler. Começa então a tomar contato com o que a escola denomina de "texto" e "leitura" (o que fez essa criança até então?), normalmente através do livro didático de Comunicação e Expressão em Língua Portuguesa[58].

Nos aspectos gerais, os problemas dos livros didáticos de Língua Portuguesa são semelhantes aos dos das outras áreas. São descartáveis[59], o que impede sua reutilização; não há explicitação dos pressupostos teórico-pedagógicos subjacentes à proposta do autor; e apresentam ao professor respostas prontas (muitas vezes erradas), bem como modelos de planejamento e avaliações, cristalizando um estereótipo de aula e tornando professores e alunos tarefeiros do autor, e o livro, em fetiche.

Geralmente, o livro de Língua Portuguesa divide-se em unidades com a seguinte subdivisão: leitura, gramática e redação. Internamente, a unidade se organiza de tal modo que o texto inicial é escolhido em função do "ponto de gramática" ou da "técnica de redação" a serem estudados, usando o texto como pretexto.

Para não cansar o aluno e facilitar a organização das aulas pelo professor, os textos não podem ser longos. Por esse critério, é difícil encontrar um texto integral nesses livros, e o autor lança mão de fragmentos e adaptações (muitas vezes sem citar o original). O fragmento e a adaptação já são *uma* leitura do autor que fez o "corte" ou a "tradução" do texto. Por isso, não propiciam uma visão de totalidade, submetendo o texto a critérios utilitários.

Há também textos escritos pelos próprios autores do livro didático, nos quais se evidencia mais claramente o caráter de pretexto, e o resultado é quase sempre medíocre. Os mais modernosos apresentam inclusive textos escritos por alunos, que, por constarem do livro didático, são oficializados como "bons", mas apenas reproduzem aquilo que a escola veicula como texto e como normas de leitura e escrita[60].

Como se não bastasse, aparecem em seguida os exercícios de interpretação do texto. Pedem ora respostas desnecessárias, que reproduzem literalmente partes do texto, ora respostas que, apesar de "abertas", pressupõem uma interpretação fechada, como mostram as respostas "certas" do livro do mestre.

Com isso acaba a "leitura", porque logo em seguida vêm os exercícios gramaticais que usam palavras e frases do texto para "ensinar a língua". Fechando o círculo, os exercícios de redação transformam em modelar o texto inicial.

Com os exercícios de preenchimento de espaços em branco, de testes de múltipla escolha, de reprodução do texto, e com as ilustrações de pouca qualidade – muitas vezes redundantes em relação ao texto –, com tudo isso, o livro didático pode manter o aluno ocupado e dar-lhe a sensação de estar trabalhando muito; pode também aliviar a sobrecarga de trabalho do professor e "solucionar" suas dúvidas; pode, enfim, contribuir para a aquisição dos comportamentos de língua e pensamento através da imitação. Mas, certamente, não garante uma leitura crítica e transformadora da realidade, tornando paradoxal a intenção de, com todos esses artifícios, despertar o prazer de ler e escrever. E é com base nesse material, nesse estereótipo de aula, que se aprovam ou reprovam os alunos, que se busca estimular o gosto pela leitura e que se criam imagens imbecilizadas de leitor, texto e leitura, para servir de base à produção crescente de livros como forma de enfrentar a crise da leitura.

Segundo dados da Unesco, o Brasil – 8ª economia do mundo – é um dos países onde menos se lê[61].

Apesar do baixo índice de leitura *per capita,* a produção editorial tem crescido muito em nosso país. De junho de 1985 a junho de 1986 houve um acréscimo de 30% no consumo de livros em todo o país[62] e, em 4 anos, dobrou a venda de obras para crianças[63], sendo que, para 1986, Alfredo Weisflog – presidente da Câmara Brasileira do Livro – previa uma venda de aproximadamente 30 milhões de exemplares de livros infantojuvenis[64].

O crescimento do mercado editorial traz, no entanto, um dado significativo: dos 1.000 títulos publicados em 1985, 60% estão na categoria dos didáticos[65].

A expansão dessa faixa do mercado consumidor acompanhou *pari passu* a implantação da Lei nº 5.692, o que levanta, entre outros, o problema da formação do professor enquanto técnico de ensino.

O próprio texto da Lei, explicitando a preocupação com a busca de "soluções mais racionais, em que à melhoria da qualidade de ensino corresponda um efetivo crescimento das oportunidades", trata das implicações da fixação do núcleo comum no que diz respeito à formação do professor e ao livro didático[66].

Invocando a necessidade de eficiência, redução de custos e, ironicamente, a valorização do professor como causa e efeito da nova política, nesse texto critica-se a inspiração intelectualista dos currículos anteriores e se enaltece a nova divisão curricular. Esta, propondo a formação geral e, portanto, a integração das várias disciplinas desde a 1ª série, acabaria com a superoferta de professores geradora do decréscimo salarial da categoria. A "formação geral e polivalente" atingiu a formação do pessoal docente, e disseminaram-se os cursos-de-fim-de-semana, até chegarmos ao espetáculo circense das licenciaturas curtas.

No que diz respeito ao livro didático e seguindo a mesma linha de busca de eficiência, nesse texto se mostram as vantagens para a "economia das famílias, comunidades e escolas", advindas desse "enxugamento" do currículo.

> Basta dizer que, hoje, ao atingir o fim do ginásio, um só aluno terá um acervo acumulado não inferior a 50 livros; e este número baixará facilmente para 15 ou 20, no máximo, quando se estruture e desenvolva a escolarização de 1º grau segundo a orientação aqui preconizada, como aplicação direta da Lei 5.692[67].

Assim mesmo, o mercado de livros didáticos se expandiu. Para o grande número de alunos que foi paulatinamente chegando à escola, seduzidos pela "democratização do ensino", e para esses professores que aprenderam um pouco de tudo numa abrangente área de estudos, o livro didático aparece como a tábua de salvação e se instala definitivamente no cotidiano escolar.

As editoras se incumbiram de confeccionar e adequar rapidamente o material necessário para a implantação da Lei. Consolida-se a figura de um novo profissional, o autor de livro didático (que em alguns casos chega a ser tão polivalente quanto o professor), e se consolida também o modelo de livro didático, o qual, para não deixar dúvidas quanto à sua intenção de contribuir para a reforma de ensino, traz o aval das autoridades, como a observação: "De acordo com os Guias Curriculares do Estado de São Paulo".

Não estou, com essas reflexões, questionando a importância da veiculação e utilização da obra impressa na escola. Mas trata-se aqui do livro didático tal como se apresenta hoje, ou seja, modelo de obra impressa e, portanto, de texto, leitura e escrita. O que temos é uma precariedade tal desses manuais que os distancia completamente da preconizada "qualidade de ensino".

Em vista dessa situação, muitas das discussões sobre o assunto acabam caindo num círculo vicioso, e o livro didático é apontado como um "mal necessário".

Alegam as editoras que os professores são mal formados e que os títulos disponíveis, apesar de não serem tão bons, são aqueles com os quais o professor consegue e prefere trabalhar. Assim, as necessidades do mercado é que determinam a oferta.

A propaganda em torno do Programa Nacional do Livro Didático enfatiza a democratização da escolha por parte dos professores. Mas quem oferece uma seleção prévia dos títulos são os catálogos das editoras ou a listagem enviada às escolas.

Num país com tamanhas dimensões, as editoras que conseguem maior penetração entre os professores têm seus livros como *best-sellers* escolares. Não porque sejam os melhores, mas porque são, muitas vezes, os únicos que o professor conhece, uma vez que os recebeu gratuitamente em sua casa ou na escola e não teve dinheiro nem tempo para pesquisas de mercado. (Há mesmo democratização de escolha?)

Os professores, por sua vez, alegam que os livros existentes, apesar da má qualidade, são muitas vezes a única saída que encontram para conciliar o pouco tempo disponível para o preparo das aulas, devido à excessiva e desgastante jornada de trabalho, com as poucas condições de atualização e reciclagem.

Talvez possamos dizer que a Lei nº 5.692 não conseguiu atingir diretamente o ensino. Mas o livro didático acabou sendo, na prática, o intermediário do Estado na concretização da reforma de ensino, construindo uma política educacional e uma prática pedagógica sob o respaldo legal e atendendo, diretamente, aos interesses do poder privado e, indiretamente, à consecução de determinado modelo de educação e de sociedade.

3.2.3. Preparação para a literatura: o livro paradidático

Foram também a "crise da leitura" e os problemas do livro didático que estimularam o surgimento dos chamados "paradidáticos" ou livros de "leitura extraclasse".

Sensível a essa situação e procurando se adequar ao espírito da Lei nº 5.692, as editoras passaram a desempenhar, com extrema competência, seu papel de "propagadoras de cultura". Do Oiapoque ao Chuí, encontramos na área dos paradidáticos certos campeões de vendagem, os quais permitem refletir sobre as normas e códigos linguísticos, estéticos e morais, e o perfil de gosto imposto aos leitores em idade escolar.

O apelo da propaganda e o poder de penetração das editoras, que propicia produção em série e baixos custos, são os principais fatores que determinam os critérios de seleção dessas leituras por parte do professor. Esses fatores englobam os outros critérios dos quais o professor eventualmente se utiliza: divisão por faixa etária, conteúdo moralizante etc.

Os professores recebem catálogos das editoras com sugestões para a indicação por séries e, geralmente, os títulos são acompanhados de "suplementos de trabalho" (fichas de leitura) que, como acontece no livro didático, já trazem, no exemplar gratuito do mestre, as respostas prontas.

Além do quê, essas leituras têm um caráter tangencial ao ensino propriamente dito, uma vez que são "extraclasse" e "paradidáticos", nessa fase de formação do leitor.

3.2.3.1. A opinião de quem ensina a utilizar

Ainda que consciente das limitações e problemas apontados acima, o professor vê-se, em seu cotidiano, envolvido em dúvidas que remontam à questão nevrálgica da teoria literária: O que é literatura? Em que consiste a literariedade e qual sua função em nosso contexto histórico e social? Como buscar o equilíbrio entre o útil e o agradável?

Se não teorizada academicamente, essa inquietação acaba sempre se manifestando, principalmente entre aqueles que lecionam nas classes de 5ª a 8ª série do 1º grau. Em nosso sistema escolar, a literatura faz parte, oficialmente, do currículo de 2º grau (acaba sendo muitas vezes história da literatura...), e as quatro séries finais do 1º grau são marcadas por um caráter propedêutico, de preparação para o trabalho com a literatura. Nessa indefinição quanto ao "aqui" e "agora" da aprendizagem, surgem as dúvidas dos professores de Língua Portuguesa. Não se questiona a necessidade de estímulo à leitura em todas as disciplinas do currículo, mas a grande responsabilidade nesse sentido é sempre repassada para a Língua Portuguesa. E é, por extensão, no âmbito dessa disciplina que se encaixa o texto literário, ou, melhor dizendo, a utilização "literária" de determinados textos.

Em contato com essa situação, pude perceber duas posições mais marcantes entre os professores, no que diz respeito à leitura da literatura e critérios de seleção e utilização de textos. Os mais resistentes insistem em que se devem ler os "bons" textos e cabe ao professor indicá-los; outros, por sua vez, propõem a liberdade de escolha do aluno, apostando no critério quantitativo.

No primeiro caso, há duas vertentes. Para uma delas, o critério de seleção esbarra na antiga discussão sobre a literaridade, e o "bom" texto se identifica com o "clássico", que a crítica do passado institucionalizou e a tradição consagrou. (Quais seriam esses "clássicos"? Podemos citar meia dúzia deles e, quase sempre, serão aqueles que nos mandaram ler nas aulas de Língua Portuguesa...).

Para a outra vertente, o critério é "ideológico", e a preferência recai nos livros infantojuvenis escritos principalmente a partir da década de 1970 e comprometidos com o questionamento e a crítica social. A fusão entre atualidade e desmascaramento das ideologias garante, segundo esses professores, o sucesso dos temas abordados: preconceito contra o negro, a mulher e a criança, relações de poder na sociedade capitalista etc.

A posição dos que enfatizam a leitura quantitativa e liberta de juízos de valor sobre o texto traz à lembrança a "síndrome do prazer". O aluno não deve ser obrigado a ler nada. Deve-se, antes, deixar que leia o que quiser e quando quiser, para que ele adquira o hábito e o gosto pela leitura.

Sob qualquer desses pontos de vista, a preocupação parece ser sempre a da formação de um *futuro* leitor e cidadão, formação esta que encontra obstáculos os mais variados. Dada a reconhecida dificuldade que os alunos encontram na leitura dos "clássicos", tem-se tornado cada vez mais frequente o uso de adaptações e fragmentos desses textos, como forma de facilitar o acesso à leitura. Para o leitor imaturo, textos menores quantitativa e qualitativamente.

No caso dos livros que registram o *boom* da literatura especialmente escrita para crianças e jovens nas últimas décadas, percebe-se, através do *aggiornamento,* a tentativa dicotomizada de supervalorizar o presente histórico em detrimento do passado literário, sobre o qual recai o peso da alienação social e política, bem como de enfatizar o conteúdo como marca de transformação.

A censura subjacente à postura dos que defendem o "ler o que quiser e quando quiser" diz respeito à "ditadura" do prazer, aí entendido, muitas vezes, apenas como a situação do repouso e ócio, numa atitude de rebeldia aos grilhões da sociedade capitalista. Assumido como clichê, no entanto, esse conceito se mistifica e acaba por estabelecer uma oposição dicotômica em relação ao trabalho, tomado aqui em sentido diferente de tarefa. (Numa sociedade movida pelo capital, é importante propagar a ideia de que consumir gera prazer... Basta lutar, com o suor do rosto, para conseguir as condições materiais para isso!) Mas a situação de aprendizagem também pode ser prazerosa. Realizar um trabalho de criação em que a pessoa inteira mergulhe e do qual saia diferente e acrescida é também muito bom. É o prazer que nasce do combate, na luta pela busca de significados.

Se propomos ao aluno que ele *deve* ler apenas o que gosta, não podemos nos esquecer de que esse gosto não é tão natural assim. Pelo contrário, é profundamente marcado pelas condições sociais e culturais de acesso aos códigos de leitura e escrita.

Por outro lado, a imposição de leituras tem mostrado que a noção de valor contida na seleção de textos pode gerar equívocos no contexto da nossa realidade educacional, reforçando o des-gosto do aluno pela leitura e pela literatura e sua ambígua condição de evidência e mistério, gerada pela repetição e automatização de modelos.

Se numa das posições tínhamos os "clássicos" ou os "engajados" como modelos, na outra se tornam modelares, porque únicos e institucionalizados, os livros de que os alunos já gostam.

Apesar de nessas posições não se negar a importância da leitura e da literatura na formação de crianças e jovens, não se leva em conta a necessidade de interferência crítica na formação do gosto, a fim de formar um aluno-leitor não só para um vir-a-ser, mas para um *aqui* e *agora,* principalmente transformador. Pois, enquanto se oferecem textos e "estratégias" de leitura para *despertar* o gosto de ler, o aluno *já está lendo* e apreendendo do que lê talvez aquilo em que não tenhamos oportunidade de interferir mais tarde.

3.2.3.2. A opinião de quem lê

Para ser leitor é preciso, além de ser alfabetizado, ter tempo para ler, dinheiro para comprar livros ou bibliotecas de fácil acesso e com acervo que interesse e gostar de ler.

Considerando que inexiste uma quantidade mínima necessária de bibliotecas e que a indústria cultural, através dos meios de comunicação de massa, principalmente a TV, exerce grande influência na ocupação do tempo livre de nossas crianças e jovens, o espaço para a leitura se restringe à escola.

Perguntando a respeito do interesse pela leitura, obtive junto a meus alunos de 5ª a 8ª série os seguintes dados: 76% disseram gostar de ler; 16% gostam mais ou menos e 7% não gostam, sendo que as preferências são por fotonovela, história em quadrinhos e "livros de histórias". Efetivamente grande parte (53%) só leu os livros indicados pela professora de Língua Portuguesa, desde a 5ª série, o que dá uma média de seis livros. Quanto ao tipo de histórias prediletas, 60% optaram pelas de aventura, 30% pelas de amor, seguindo-se em terceiro lugar as policiais e de suspense, e sendo as outras opiniões relacionadas às precedentes[68].

As expectativas e preferências dos alunos refletem a complexidade das relações que envolvem sua formação enquanto leitor. Seu gosto traz marcas do aprendizado de leitura a partir da exposição, desde a mais tenra idade, aos produtos da indústria cultural. Num movimento de mão dupla, suas expectativas, já trabalhadas pelos meios de comunicação de massa, são sondadas pela e realimentadas na escola sob a máscara de uma suposta adequação ao seu gosto. E sob a aparência de democratização da cultura se justificam as investidas das ideologias: "os livros não são os melhores, mas as crianças gostam...", tornando necessária sua oficialização pela escola.

Assim, procura-se o "interessante", dosado de acordo com a tecnoburocracia e a tecnologia de *marketing,* para "atingir as zonas de reserva do indivíduo". Encomenda-se a obra, e o sucesso comercial está garantido. De vítima, o aluno passa a ser seu próprio carrasco.

Por serem degustáveis pelos alunos, as fórmulas são repetidas até a exaustão: a fluidez e rapidez cênica, a superficialidade no tratamento dos temas e assuntos, o super-herói, a vitória do Bem sobre o Mal, entre outros.

O trabalho com esses textos, por sua vez, norteado por concepções equivocadas de leitura e literatura e conduzido num contexto pouco adequado e por profissionais desorientados, acaba, na maior parte das vezes, se restringindo a fichas e roteiros, a fim de avaliar mais "objetivamente" a leitura. E, em vez de se lançarem questões, busca-se, através de caminhos pseudocientíficos, frutos de teorias literárias mal digeridas, convencer o leitor de que literatura é resumo do enredo, nome dos personagens, onde e quando se passa a ação, trecho de que mais gostou e mensagem. (Para demonstrar esses "conhecimentos", nem é necessário que o aluno leia o livro: basta perguntar ao colega do lado.)

Certas normas estéticas (literárias) e linguísticas vão sendo assim sedimentadas e transformadas em modelos (órfãos e a-históricos), muitas vezes inconscientes, para ler e escrever a vida e o mundo.

Talvez seja essa uma das razões que permite explicar a quase completa ausência na escola da "literatura da modernidade", enquanto ruptura e desestabilização, e da poesia, a qual geralmente aparece apenas em momentos informais e de recreação.

3.2.3.3. A opinião de quem produz, seleciona, edita e difunde

Como na história do ovo e da galinha, no caso da produção de livros não dá para saber onde se inicia o círculo vicioso da (en-)formação do gosto. Os autores e editores afirmam que, aliados da escola na conquista do jovem leitor, se preocupam com o desinteresse do aluno pela leitura e, cada um a seu modo, levantam como causa dessa situação a inexistência de uma produção editorial adequada e a cisão entre leitura escolar e leitura espontânea, o que, desconsiderando o interesse do aluno, cria um "hiato entre o que o jovem quer, de fato, ler e os textos que lhe são oferecidos"[69].

Dadas essas premissas (propositadamente) equivocadas e assimilando as discussões sobre o *prazer de ler*, várias coleções, de diferentes editoras, apresentam-se para preencher as lacunas de leitura. Oficializa-se assim o caráter de encomenda de obras infantojuvenis. Esse fenômeno, nem sempre tão explícito, começa a se desmascarar inescrupulosamente e na trilha oficializada dos caminhos apontados pelos programas governamentais e/ou pelas pesquisas acadêmicas.

Um caso recentíssimo e exemplar é o de determinada editora que, baseada na pregação teórica do programa "Salas de Leitura" da FAE e em uma pesquisa da professora Vera T. Aguiar sobre os interesses do leitor, estabelecendo relações entre a expectativa de leitura e a série/idade, sexo e nível socioeconômico dos leitores, está lançando uma coleção de títulos nas áreas de interesse do jovem e

> da escola (conforme currículos) que propicie o encontro da leitura escolar e da leitura extraclasse, apresentada segundo as características gráficas do *meio de comunicação que o destinatário prefere – a revista –*, mas com qualificações que a coloquem a meio caminho entre esse tipo de impresso e o livro, sendo mantido o seu baixo custo[70].

E assim, por conta (e risco) de despertar o gosto pela leitura, tudo se justifica (a intermediação acrítica de linguagens estereotipadas dos meios de comunicação de massa, principalmente), e interesses opostos juntam esforços para renovar o descartável, sem, *de fato,* inovar; baseiam-se no clichê imobilista "... mas os alunos gostam" para omitir o fato de que se pode *aprender a gostar;* (en-)formam o gosto, justificando-se pela adequação a esse gosto e pelas possibilidades *futuras* de *outras* leituras; pressupõem um perfil de leitor (e de professor) a ser constantemente re-formado, mas sempre con-formado.

Como parte da leitura, as opiniões de todos esses segmentos são também um dos fatores constitutivos do significado do texto. E torná-la consciente é um dos meios de buscar, na prática da leitura, a desmistificação de consensos reacionários.

Capítulo 4   **A literatura infantojuvenil**

> Uma das complicações iniciais é saber-se o que há, de criança, no adulto, para poder comunicar-se com a infância, e o que há, de adulto, na criança, para poder aceitar o que os adultos lhes oferecem. Saber-se, também, se os adultos têm sempre razão, se, às vezes, não estão servindo a preconceitos, mais que à moral; se não há uma rotina, até na Pedagogia; se a criança não é mais arguta, e sobretudo mais poética, do que geralmente se imagina...
>
> (Cecília Meireles)

4.1. Origens: criança, família e escola

Quando se fala em literatura na escola de 1º grau (ou seja, para "despertar o gosto pela leitura" e não para "passar no vestibular", como é vista no 2º grau), está-se fazendo referência a um gênero relativamente recente e que diz respeito não apenas a um lugar e um modo de circulação da literatura, mas também a uma faixa etária consumidora.

A especialização fragmentadora do modo de produção capitalista e o decorrente avanço científico que lhe serve de suporte e deslanche fazem da literatura na escola hoje uma questão adjetiva, ao mesmo tempo que enfatizam (escamoteando-a sintática e retoricamente) a transitividade semântica do verbo *ler*. Em outras palavras: trata-se da leitura da literatura infantojuvenil.

Desde que começou a se tornar um gênero à parte (no início ainda sem uma divisão rígida entre crianças e jovens), essa literatura teve especulada sua função pedagógica, uma vez que esteve sempre subordinada à autoridade do adulto, seja na família, seja na escola, e tanto no que diz respeito à produção e difusão como à escolha e utilização dessas leituras.

Sua gênese ocorre simultaneamente à institucionalização da educação escolar e ao surgimento de um novo conceito de criança e infância que acompanha a ascensão da burguesia europeia.

Segundo Ariés[71], existe uma relação entre os sentimentos de infância e família e o sentimento de classe. Analisando historicamente a questão, o autor mostra como a antiga comunidade dos jogos, na qual não havia distinção de idade e classe entre os participantes, se rompe simultaneamente entre crianças[72] e adultos e entre povo e burguesia emergente no século XVIII. No âmbito dessa atomização do corpo social polimorfo e rígido, surgem novas formas de lazer e novas necessidades para lhe dar sustentação ideológica.

A intolerância diante de uma vida promíscua faz com que a família burguesa busque salvaguardar sua identidade através da intimidade do lar. À família é transferida a responsabilidade de buscar formação não só moral como também espiritual para os futuros cidadãos. A educação torna-se, então, verdade e necessidade universais.

> "Os pais", diz um texto de 1602, "que se preocupam com a educação de suas crianças ('liberos erudiendos') merecem mais respeito do que aqueles que se contentam em pô-las no mundo. Eles lhes dão não apenas a vida, mas uma vida boa e santa. Por esse motivo, esses pais têm razão em enviar seus filhos, desde a mais tenra idade, ao mercado da sabedoria", ou seja, o colégio, "onde

eles se tornarão os artífices de sua própria fortuna, os ornamentos da pátria, da família e dos amigos"[73].

A preocupação com a educação escolar das crianças surge historicamente com reformadores moralistas, principalmente com eclesiásticos e juristas (confundindo-se, a partir dos séculos XVIII e XIX, com reformadores religiosos), que lutavam contra a anarquia da sociedade medieval. A história da escola é marcada por influências religiosas/moralizantes, e passa-se a reservar a essa instituição a incumbência de preparar a criança para o convívio com os adultos.

Afastada da promiscuidade da vida social, a criança é confinada, entre os muros da escola, a um regime disciplinar, cujo rigor se aprimora com o internato, nos séculos XVIII e XIX. Aí toma impulso a difusão de uma educação que não só delimita uma faixa etária (e dentro dela o sexo masculino), mas também uma classe.

E, na medida em que se passa de um sentimento de infância, surgido no meio familiar e caracterizado pela "paparicação", para outro, advindo de eclesiásticos e homens da lei, começa a se pensar na particularidade da infância com interesse psicológico e preocupação moral. Em decorrência disso, começa a se esboçar uma ciência que se ocupa da criança, inicialmente atendo-se à observação das aquisições infantis e suas formas de desenvolvimento, sendo sucedida pela busca de teorização e elaboração de regras. Com Rousseau, em *Emílio* (1782), as investigações nesse campo ganharam novo impulso, no sentido da "necessidade de estudar a criança, que tinha o direito de ser compreendida, mais do que educada"[74]. Desenvolvem-se, assim, os estudos em Psicologia Infantil e Pedagogia, tendo esta, no entanto, cultivado uma preocupação utilitarista, sempre temerosa da irracionalidade infantil e ansiosa, por isso, em apressar o processo de amadurecimento.

Em decorrência dessa nova situação e em função de um novo público "consumidor", alteram-se costumes, brinquedos, roupas e também a criação cultural.

4.2. Caracterização e delimitação do gênero

4.2.1. Útil × agradável

No caso da literatura infantil, não se pode falar de uma produção inicialmente dirigida a crianças. Muitas obras foram apreciadas por esses leitores, mesmo que não tivessem sido escritas para esse fim. É o caso de: *Dom Quixote de la Mancha* (1605/1615), de M. de Cervantes; *Robinson Crusoe* (1719)[75], de D. Defoe; e *As Viagens de Gulliver* (1726), de J. Swift, que, embora tendo sido escritas para um público adulto, parecem ter cumprido um papel compensatório para as crianças a quem se ofereciam (como veremos adiante) livros para dormir e não para sonhar. E continuam sendo lidos até hoje, ainda que, muitas vezes, através de adaptações e fragmentos. Também há, nessa fase, aqueles livros escritos a partir de compilações de narrativas buscadas à tradição oral, como as fábulas e contos de La Fontaine (editadas entre 1668 e 1694) e os *Contos da Mamãe Gansa,* de Charles Perrault (1697), obra considerada origem ao novo gênero.

Apesar de iniciativas como essas, demoraria ainda para se valorizar aquilo que diz respeito à criança; e, consequentemente, a literatura infantil, até por volta do século XIX, é considerada refúgio de escritores fracassados[76].

A tradição popular e folclórica na origem da literatura infantil empresta-lhe as marcas do "traço mitológico que serve à iniciação do gozo estético"[77], do prazer gratuito do jogo e da brincadeira. Porém, da mesma forma que se buscou garantir a divisão de classe e idade através do confinamento à família e à escola, também se tentou interferir na promiscuidade cultural e simbólica decorrente da confusão inicial entre repertório popular e repertório infantil. Passa-se, assim, a se oferecerem adaptações e/ou fragmentos de textos clássicos, como instrumento da propagação da virtude entre os homens.

As obras clássicas utilizadas na escola – ainda que através de textos expurgados como os *"ad usum Delphini"* – para aprender língua e ensinamentos morais começam, a partir do século XVIII, a ser substituídas por uma literatura produzida especialmente para crianças, sob o respaldo, entre outros, dos vieses "científicos" (e classistas) de uma Pedagogia e Psicologia que não conseguem compreender a infância em si mesma. A preocupação já registrada por Platão de se estabelecer uma "censura das obras de ficção, aceitando as que forem boas e rejeitando as más" (principalmente a mentira), devido à facilidade de se gravarem, no caráter em formação, as impressões que desejamos[78], se vê reeditada no contexto romântico da concepção de bondade natural do homem que a sociedade corrompe.

A tentativa de acomodar a literatura na "bitola ideológica dos catecismos"[79], característica das atividades de moralistas e educadores geradas em tal contexto, marca as origens da literatura infantil pela preocupação com o princípio horaciano de conciliar o útil e o agradável, com predomínio do primeiro termo. Com o desenvolvimento dos estudos em Pedagogia e Psicanálise, dando novo impulso à Psicologia da criança, do adolescente e a da aprendizagem, passa-se para um gradativo movimento no sentido da ênfase no "agradável", pelo lado lúdico e gratuito da literatura, acompanhado de novos (e burgueses) conceitos de prazer. Utilizam-se assim novas e sofisticadas estratégias (como, por exemplo, a crescente subdivisão dos conceitos de criança e adolescente e a consequente especialização do gênero em sua adequação às diferentes faixas etárias da fase não adulta) para, interferindo nas zonas mais íntimas do indivíduo, criar a necessidade de prazer que, por ser momentâneo e perecível, tem de ser renovado constantemente, o que torna o indivíduo ávido por consumir, sempre e mais facilmente, a fantasia no contexto de uma realidade social marcada pela tensão da necessidade de competir para sobreviver.

Teoricamente equilibrado, o discurso literário se desloca para a manifestação retórica da linguagem, procurando comover, numa especulação empobrecedora da tendência infantil à fabulação e à percepção sensorial do mundo, para convencer pela razão.

4.2.2. Função e mimese

Essas considerações colocam, a meu ver, a relevância e pertinência para o estudo da literatura infantojuvenil da função que os textos literários assumem, no processo de sua escolarização, enquanto obras de linguagem e em relação ao efeito estético.

Ainda que seja esta uma questão polêmica, penso que as reflexões de Antonio Candido podem ser elucidativas em muitos aspectos. Segundo esse autor[80], a literatura tem uma "função humanizadora", ou seja, tem a capacidade de "confirmar a humanidade do homem". Daí derivam suas funções mais específicas: "satisfazer à necessidade universal de fantasia, contribuir para a formação da personalidade" e, ainda, ser "uma forma de conhecimento do mundo e do ser". De acordo com esse ponto de vista, a literatura é algo que "exprime o homem e depois atua na própria formação do homem". E sua função educativa advém do fato de ela agir com "o impacto indiscriminado da própria vida" nas camadas mais profundas e de corresponder àquelas necessidades humanas.

No caso da criança e do adolescente, principalmente, a essas se acrescenta a função de educação do gosto e de identificação, que lhes permita transcender-se constantemente e avançar no processo de amadurecimento[81].

O processo da identificação, discutido principalmente a partir dos estudos psicanalíticos, diz respeito a um mecanismo do desenvolvimento da criança e do jovem de que sagazmente se aproveitou a literatura infantojuvenil.

Estudando a importância dos contos de fadas para o desenvolvimento da personalidade infantil, Bruno Bettelheim tenta mostrar como essas histórias representam sob forma imaginativa aquilo em que consiste o processo sadio de desenvolvimento humano, e como os contos tornam tal desenvolvimento atraente para o engajamento da criança nele[82].

Através principalmente da *identificação,* não com o certo ou o errado, mas com quem desperta sua simpatia ou antipatia, a criança busca a *projeção* no herói (bom) porque a condição deste "lhe traz um profundo apelo positivo"[83].

Apesar da excessiva ênfase no enfoque psicanalítico, esse autor levanta problemas que, de uma forma ou de outra, se encontram presentes na acomodação da literatura infantojuvenil ao desenvolvimento dos estudos teóricos sobre a infância e a adolescência.

Evocando também a "ideia de pertinência e adequação à finalidade" e, em decorrência, a ideia de "valor", de "pessoa" (escritor/produtos eleitor/público) e de estrutura literária, o problema da função histórica e social da literatura infantojuvenil enfatiza a questão da imitação (mimese), reportando-nos ao percurso histórico daquele "inconsciente do ensino da língua e da literatura", e cujas bases podem ser buscadas principalmente em Platão e Aristóteles.

Em sua visão idealista de arte, Platão[84] ataca com veemência a poesia (imitação de 3º grau), porque ela exacerba as paixões mais vis do homem. Lembra, contudo, que os poetas e seus auxiliares (rapsodos, atores, dançarinos etc.) virão "aumentar a multidão dos novos habitantes na cidade ideal", pois "muitos não se contentarão com (esse) gênero de vida simples" e "a cidade original e sadia não é suficiente". E em que pese sua admiração por Homero – "excelente pessoa que é, dentro de suas limitações" e "o mais poético e o primeiro dos trágicos" –, é necessário expulsar a poesia de sua República, para que aí não reine "o prazer e a dor, em lugar da razão e da lei".

Preocupado com a formação dos futuros dirigentes da sua cidade ideal, o filósofo se detém na análise das relações entre arte e educação. Esta última se dividia entre ginástica e música, na qual se incluía a poesia. Partindo do princípio segundo o qual a educação das crianças se iniciava com as fábulas ("via de regra fictícias") e que "nesse período de formação do caráter é mais fácil deixar nelas gravadas as impressões que desejamos", Platão alerta para a necessidade de se estabelecer uma "censura das obras de ficção, aceitando as que forem boas e rejeitando as más". A censura recai principalmente sobre a mentira, ou seja, "oferecer com palavras uma imagem falsa da natureza dos deuses e dos homens", distanciando-se dos modelos. As primeiras fábulas que os meninos ouvem têm de despertar neles o amor à virtude, e o deus deve ser sempre representado como é na verdade, em qualquer gênero de poesia. Quanto aos poetas, não se devem tolerar aqueles que

> atribuíam a desgraça aos deuses que são bons e, portanto, só fazem coisas boas: pois quem conta tais lendas profere coisas impuras, inconvenientes e contraditórias entre si[85].

Na busca desse mundo ideal, Platão, no entanto, reconhece a grandeza de Homero e outros poetas e se justifica, afirmando que a censura não se deve ao fato de as passagens serem "prosaicas ou desagradáveis", mas à convicção de que, "quanto maior seu encanto poético, menos devem escutá-las meninos e adultos que se destinam a ser livres e a temer mais a escravidão do que a morte".

Educar se torna, assim, para o filósofo, meio eficaz para a correção da natureza do homem. Dessa perspectiva, ele aceita a poesia (ainda que imperfeita), desde que ela esteja a serviço da educação.

Diferentemente de Platão, Aristóteles se apoia em uma concepção "materialista" de arte como imitação da realidade. O objetivo da imitação artística é, para Aristóteles, a ação e a realidade humanas. Nesse sentido, a arte passa a ser vista como uma forma de conhecimento e se distingue da ciência pela maneira de refletir a realidade:

> é evidente que não compete ao poeta narrar exatamente o que aconteceu, mas sim o que poderia ter acontecido, o possível, segundo a verossimilhança ou a necessidade [...] por tal motivo, [...] a poesia permanece no universal e a história estuda apenas o particular [...][86]

Por esse caminho, busca-se desfazer a dicotomia entre o apolíneo e o dionisíaco, entre a verdade e a mentira. Aristóteles busca a ordem do real através do princípio da unidade, mas assume as contradições do homem e da sociedade de seu tempo; não subordinando a Arte à Moral, também não se preocupa com a censura que, em Platão, se baseia no caráter mimético--modelar da poesia e sua função pedagógica.

Como a imitação se aplica aos atos dos personagens e estes não podem ser senão bons ou maus (pois os caracteres dispõem-se quase só nestas duas categorias, diferindo apenas pela prática do vício ou da virtude), daí resulta que os personagens são representados ou melhores ou piores ou iguais a todos nós[87].

Ao se propor a tratar da "produção poética em si mesma", Aristóteles afirma a natureza e especificidade da manifestação artística e busca uma definição intrínseca e sistemática dos gêneros poéticos e suas características diferenciadoras. Aqui, a forma é imanente ao objeto e é o limite da realização desse objeto.

Importa pois que, como nas demais artes miméticas, a unidade da imitação resulte da unidade do objeto. Pelo que, na fábula, que é imitação de uma ação, convém que a imitação seja una e total e que as partes estejam de tal modo entrosadas que baste a suspensão ou o desligamento de uma só, para que o conjunto fique modificado ou confundido, pois os fatos que livremente podemos ajuntar ou não, sem que o assunto fique sensivelmente modificado, não constituem parte integrante do todo[88].

É através da unidade que se recompõe a totalidade intrínseca do objeto imitado. Assim entendida – como *intelequia* (passagem da potência ao ato) do mundo que a recria –, a obra de arte tem uma função em si mesma.

Dessa concepção autônoma do enredo e da obra deriva a função social e humana (portanto, pedagógica) buscada pela arte: a catarse. Se, para Platão, a poesia estava sempre a serviço de algo exterior a si própria, para Aristóteles a função da obra decorre de e se encontra em sua especificidade e organicidade.

A ordem ideal pela qual Platão anseia é marcada por sua visão de mundo aristocrática e "romântica". É interessante notar que, apesar de o poeta ser um intermediário entre o deus e o homem (teoria da inspiração divina da poesia), esse deus (símbolo da totalidade perdida e desejada) não era igual para todos. A preocupação formativa do filósofo em relação à poesia se dirige aos "homens de bem", os quais só podem imitar "modelos dignos de sua posição", nunca "as mulheres que insultam seus maridos, desafiam os deuses", "se entregam a lamentações", "estejam doentes, apaixonadas ou parturientes", e nem "os servos e servas". Esses "homens de bem" precisariam ser poupados das paixões perturbadoras da ordem individual e social, para buscarem o mundo ideal.

Ao combater a poesia, juntamente com toda a manifestação artística, Platão revela a suspeita em relação à crítica inserida na arte, devido à força de persuasão de seu "encanto poético", e ainda tenta negar um fato social existente e objetivamente operante. Nega o real, desprezando as contradições e separando a forma de representação do objeto representado.

Para Aristóteles, o conhecimento do objeto representado é o único caminho para a verdade. E, enquanto forma de conhecimento, a imitação, representando os aspectos particulares da vida, nos permite chegar ao geral. Imitar é, portanto, criar por meio de uma especificação; é atingir o universal, baseado no princípio da verossimilhança: o que poderia ter sido, "o impossível crível".

Nessa perspectiva, Aristóteles privilegia, sobre todos os outros gêneros, a tragédia, aquilo mesmo que Platão criticava, "o gênero imitativo":

> nosso homem adotará, pois, o tipo de narração que ilustramos há pouco com referência a Homero, isto é: seu estilo será ao mesmo tempo imitativo e narrativo; mas haverá muito pouco do primeiro e muito do segundo[89].

O fato de "a tendência para a imitação [ser] instintiva no homem, desde a infância", não leva Aristóteles a julgar a obra de arte pelo seu engajamento com aspectos morais e pedagógicos exteriores a ela. Pelo contrário, o homem e a realidade têm lugar e função dentro da obra, que, particularizando o real, gera o prazer catártico e atinge a universalidade.

A polêmica a respeito do conceito de verossimilhança é retomada por Horácio que, com sua *Arte Poética* (ano 15 a.C.), torna conhecida a estética de Aristóteles. Um de seus motivos de princípios trata da relação útil × agradável da poesia (dramática, principalmente): "voto unânime a favor daquele que tenha conciliado o proveito ou utilidade da instrução com a doçura do prazer artístico"[90].

O equilíbrio horaciano entre o instrutivo e o agradável da poesia, que preside – como aponta Della Volpe[91] – ao nascimento do gosto literário moderno, é rompido pela estética medieval, ao instaurar a prevalência do conteúdo sobre a forma, pois

> a "decência", ou honestidade e verdade dos pensamentos se impõem à "elegância", à graça das expressões:

– que os discursos refuljam de sapiência, porque é a verdade (religiosa) que é amável e não a palavra[92].

Apesar da difusão renascentista do conceito pagão de catarse, realizada pelos humanistas italianos, é a leitura medieval da concepção aristotélica de catarse, adaptada pelo contexto romântico em que tem origem o gênero em questão, que parece ter inspirado moralistas e educadores no que diz respeito à seleção e divulgação (e, posteriormente, à produção) de obras destinadas à formação da criança.

Ao mesmo tempo, a ligação histórica entre literatura infantojuvenil e escola relaciona caráter mimético e função formativa do tipo educacional que, apoiando-se na necessidade de identificação e projeção da criança e do jovem, tornam problemática aquela função de "atuar na própria formação do homem".

E a intervenção da Pedagogia, com suas marcas históricas e sociais, propicia o surgimento de uma orientação conservadora e trivializada na produção de livros para a escola e, portanto, na formação de leitores, utilizando a literatura para a refiguração dos fatos e imposição de utopias.

Assim, associando-se à persuasão retórica[93] e à leitura moralizante e platônica da função educativa da literatura, surge, com o novo gênero, o risco de o objeto de imitação (mimese) ser um falso mundo da criança e do jovem. Falso, porque visto da ótica do adulto e por não levar em conta a complexidade do mundo e da vida, buscando torná-la informulável. E sua pretensa intenção formativa está calcada muito mais na tentativa de convencer, informando sobre o real e enformando num projeto de sociedade e de pessoa – traçados pelos ditames das leis adultas e por isso com a autoridade gerada pela confiança insuspeita –, do que na sincera e angustiante necessidade de deixar falar o real e a vida.

O verossímil assume foros de verdadeiro e bom, devido ao distanciamento dicotômico entre fantasia e realidade. E o jogo estético se perde nas malhas da ética e das aparências.

Não se trata de uma representação problemática, nem consegue extrapolar alguns aspectos particulares da vida. Estando a serviço de "forças ocultas", a *trivialização* da literatura infantojuvenil busca eliminar as contradições e poupar o leitor do contato com um real problematizado, ou seja, com o real enquanto "um movimento *temporal* de constituição dos seres e suas significações", um processo que "depende fundamentalmente do modo como os homens se relacionam entre si e com a natureza"[94].

Nesse sentido, o caráter utilitário oblitera o estatuto artístico da literatura infantojuvenil, o qual decorre da "ficcionalização linguística que desestabiliza a língua suporte das ideologias"[95].

Nesse processo mimético, grande parte da produção de literatura infantojuvenil apenas parece contemplar aquelas funções específicas apontadas neste tópico, pois lhes falta a "função integradora e transformadora da criação literária com relação aos seus pontos de referência na realidade"; falta-lhes ser "resultado e lugar de transformação". E estão, por isso, talvez (e ironicamente) mais próximos da crítica que Platão faz à poesia enquanto "imitação de 3º grau".

4.3. A trivialização do gênero

Com o passar do tempo, a sofisticação do papel das instituições e a crescente industrialização, a obra impressa passou a ser elemento fundamental no ambiente escolar, num movimento reflexo: na medida em que busca formar padrões de comportamento moral e de gosto estético, adaptados aos valores burgueses, esses mesmos padrões, já incorporados, começam a servir de base para as especulações e generalizações em torno do gosto do público escolar, condicionando o surgimento de obras que, como mercadorias, satisfaçam a seus consumidores.

A condição de mercadoria, que se define em função do público e das condições de sua utilização, ou seja, o valor de troca condicionado pelo valor de uso, nos permite aproximar a literatura infantojuvenil e a chamada literatura trivial.

As origens da literatura trivial ou literatura de massa podem ser encontradas no novo modo de produção romanesca – o folhetim – surgido no século XIX, na França. Eram romances publicados por partes, em rodapés de jornais, vendidos a preços baixos e com grande tiragem. O sucesso se deveu à forma mais racional de utilização de um novo veículo de comunicação para satisfazer às velhas necessidades de fantasia e ficção, agora as da burguesia triunfante.

As receitas do sucesso de Eugéne Sue *(Os Mistérios de Paris,* 1842/43), Alexandre Dumas *(Os Três Mosqueteiros,* 1814) e outros chegam também ao Brasil. Aqui, porém, paralelamente aos autores que cultivaram o gênero (Joaquim M. de Macedo, *A Moreni-*

nha, 1844; José de Alencar, *Diva,* 1864) como forma de entretenimento para um público jovem de classe alta e, excepcionalmente, média[96], outros houve que usaram o jornal como solução para as dificuldades técnicas de edição e impressão. Por isso, lembra Muniz Sodré:

> Romances que nada tinham de folhetinesco em sua estrutura textual podiam, assim, ser publicados em jornal (por exemplo, *Memórias Póstumas de Brás Cubas,* de Machado de Assis) e não ter nenhum sucesso de público[97].

Na imprensa de grande tiragem, junto à qual surge o folhetim, está o germe da moderna indústria cultural. O novo modo de circulação da palavra escrita vai sendo acompanhado da intervenção necessária de outras linguagens numa crescente variedade e diversidade dos meios expressivos, que caracterizam a estética contemporânea, fazendo também se ampliarem os modos de produção e os modos de percepção da literatura. A indústria cultural, no entanto, enquanto um dos desdobramentos ideológicos do poder privado e apropriando-se das possibilidades do novo, a fim de torná-lo capitalizável, acaba cristalizando-o nas malhas do mesmo e do trivial e gerando a "mais-valia do gosto", que nasce da exploração cultural de muitos em privilégio de outros poucos.

Pela produção em série da literatura infantojuvenil escolar, perde-se o original (a noção de cópia única) e a identidade do autor. Substituindo o mecenato, a escola tenta ser a instituição através da qual o escritor se sustenta, na medida em que se submete à demanda de um público (criado pela escola e pela mídia) diversificado (apenas aparentemente, porque a repetição de modelos gera uma homogeneização das formas de criação e gosto estéticos).

Se, por um lado, essa produção e circulação seriada contribui para a dessacralização da "arte literária", enquanto produção individual do "gênio" e autônoma, por outro lado, ela serve para mistificar outro modelo "estético", através de um "funcionamento conforme", e reafirmar a condição de leitor/consumidor menor, em todos os sentidos.

4.4. O caso brasileiro

Nos moldes de nossa tradição de transplante cultural, também aqui, como não poderia deixar de ser, o desenvolvimento da literatura infantojuvenil se liga às necessidades crescentes de escolarização, decorrentes da industrialização/urbanização e do aumento populacional, e o dilema original do gênero – conciliação entre útil e agradável – vem se juntar aos dilemas educacionais não resolvidos: conciliação entre formação humana e preparo para o ensino superior e entre formação humana do tipo literário e do tipo científico[98].

A literatura infantojuvenil brasileira surge e se afirma a partir do século XX, ainda que tenham sido publicadas esporadicamente, e como parte de uma atividade editorial que se inicia com a implantação da Imprensa Régia, no século XIX, algumas obras, tais como *As Aventuras Pasmosas do Barão de Munch-*

hausen[99], inaugurando uma série de traduções e adaptações de histórias europeias que caracterizou, durante esse tempo, o gênero em nosso país.

Já na virada do século XIX, verifica-se a preocupação de autores brasileiros, como Olavo Bilac[100], com uma produção literária escolar que atendesse a finalidades educacionais específicas. Com a modernização da sociedade brasileira e a crescente urbanização, no entanto, iniciam-se, na primeira metade deste século, as campanhas de alfabetização, fruto das pressões populares pelo acesso à escolarização, e a literatura infantojuvenil sofre novo impulso nacionalizador. Tem-se com Monteiro Lobato, na década de 1920, a tendência a equilibrar o "útil e agradável" numa concepção não utilitarista do discurso ficcional dirigido a essa faixa etária. Essa tendência, porém, como lembra E. Perrotti, só vai encontrar ressonância com a crise do modelo utilitário na década de 1970[101].

A partir de fins da década de 1960, essa produção começa a se avolumar, acompanhando a "democratização do ensino" e o surgimento de um novo público urbano de classe média, consumidor de livros na escola e da trivialidade dos meios de comunicação de massa.

A literatura brasileira para crianças e jovens também parece ter (re)descoberto a maneira de obter sucesso de público. Amparados pela legislação educacional e/ou pelo paternalismo do Estado, editores e autores começam a empregar de forma mais racional o caráter utilitarista da escola conjugado ao agradável dos recursos da mídia, para satisfazer às velhas necessidades de fantasia e ficção, agora as dos segmentos populares que têm (?) acesso à escolarização.

O crescimento do número de publicações estimula os estudos teóricos e as discussões, principalmente a partir desta década, a respeito das peculiaridades do gênero em suas relações com o fenômeno literário e com a escola. A quantidade de obras traz também a diversidade de tendências na literatura infantojuvenil brasileira e os reflexos dos avanços das pesquisas em Psicologia da Criança e do Adolescente, Sociologia, Educação e Leitura, que começam a servir de subsídios tanto para a produção como para a crítica.

Tentando recuperar o estatuto artístico, para além da tradição pedagógica e utilitária, alguns autores se querem artistas e não pedagogos ou moralistas, e se inicia uma produção literária que, de acordo com Perrotti, tem como marco O *Caneco de Prata,* de João Carlos Marinho Silva, de 1971. Podemos citar também, a título de exemplo, autores como Fernanda Lopes de Almeida *(A Fada que Tinha Ideias,* 1971); Lygia Bojunga Nunes *(Os Colegas,* 1972); Wander Piroli (O *Menino e o Pinto do Menino,* 1975); Ruth Rocha (O *Reizinho Mandão,* 1978); Chico Buarque de Holanda *(Chapeuzinho Amarelo, 1979); Haroldo Bruno (O *Misterioso Rapto de Flor-da-Sereno,* 1979).

Nessa tendência, a busca de inovação ocorre em todos os níveis (extra, intra e intertextuais), fazendo da "inversão de valores ideológicos seu compromisso com a modernidade"[102]. Transitando nessa tendência, encontramos a tentativa de desmascaramento das ideologias e a aproximação da realidade histórica e social do leitor mirim urbano.

Há também reedições de velhas fórmulas de sucesso tomadas à tradição fantástica, ao folclore e à novela de aventuras, e aquelas obras que aderem a tipos de narrativas mais adequadas à era da comunicação de massa, como as histórias policiais e de ficção científica.

Por serem tendências, não é possível delimitá-las precisamente nesta ou naquela obra. Trata-se, muitas vezes, de predominância de "intenções" e condições de emergência e difusão, devido ao atrelamento que continuam mantendo com a escola e a educação. Assim, voltada para estes ou para aqueles valores, buscando romper ou conservar, podemos perceber uma carga educativa presente nessas obras, sufocando os possíveis efeitos estéticos.

Curioso é notar que os livros que se encaixam na vertente inovadora da literatura infantojuvenil não são os campeões de vendagem, principalmente no âmbito da escola pública, o que leva a pensar numa forma mais sofisticada de discriminação. Assim como existem, na literatura "para adultos", diferenças que as diversas instâncias legislativas (academia, crítica etc.) classificam como distintivas da literatura culta em relação à literatura de massa (destinadas, respectivamente, para um público "competente" e para outro menos "competente" cultural e socialmente falando), parece haver também na literatura infantojuvenil uma distinção valorativa similar: obras inovadoras, "subversivas" (e mais caras) para um público mais capaz – alunos da escola particular, filhos de leitores da literatura culta – e obras mais conservadoras ou "tradicionais" para um público tido como menos capaz do ponto de vista cultural e social – alunos da escola pública, filhos dos possíveis consumidores da literatura trivial.

Essas suspeitas nos reportam àquela relação histórica entre sentimento de infância e de família e sentimento de classe. Talvez pudéssemos dizer – guardadas as devidas diferenças espácio-temporais – que, assim como devido à maioridade psicológica, física e cultural o adulto assume o direito e dever de formar a criança, também as classes subalternas, devido à sua "menoridade" social e cultural, ficam sujeitas à tutela formativa do Estado, como forma de prevenir e/ou neutralizar as contra-ideologias advindas das condições de dominação.

Assim, a confusão inicial entre repertório popular e repertório infantil parece manter vivos seus laços, através de uma produção literária adequada ao conceito de povo e criança (das camadas populares) numa sociedade capitalista de Terceiro Mundo: a literatura trivial, que encontra campo propício para a expansão no contexto daquela tradição retórica (diluída) no ensino da literatura, em que, hoje, níveis psicológicos e sociais de desenvolvimento são dados como premissas científicas e inquestionáveis, norteando os silogismos que envolvem a relação entre literatura e escola do ponto de vista da formação do gosto.

Capítulo 5 **Leitura e censura: funcionamentos conformes e disfuncionamentos**

> Viver é muito perigoso... Querer o bem com demais força, de incerto jeito, pode já estar sendo se querendo o mal, por principiar.
> [...] o mais importante e bonito, do mundo, é isto: que as pessoas não estão sempre iguais, ainda não foram terminadas – mas que elas vão sempre mudando. Afinam ou desafinam. Verdade maior. É o que a vida me ensinou. Isso me alegra, montão.
>
> (João Guimarães Rosa)

5.1. Seleção do *corpus*

Por meio de uma pesquisa informal, realizada em 1984, entre professores de Comunicação e Expressão em Língua Portuguesa de 72 escolas públicas da região de Campinas/SP, tentei verificar quais livros os professores indicavam com mais frequência para alunos de 5ª a 8ª série do 1º grau. Foram levantados aproximadamente 250 títulos, acompanhados da indicação da série em que são utilizados (Anexo I). A princípio, a quantidade de títulos me pareceu animadora. Analisando-os melhor, porém, ao entusiasmo inicial somaram-se muitas dúvidas e preocupações, apontando para a pequena diversidade de opções no processo de formação de leitores, em decorrência da predominância nesses textos (do ponto de vista de suas condições de emergência, utilização e recepção) daquilo que France Vernier denomina "funcionamento conforme", tendendo para a conservação e não para a ruptura. Em outras palavras, o texto – que não é crítico ou alienante por si só – apresenta um funcionamento em conformidade com as leis que regem a organização dos códigos e normas estéticas, inseridos no contexto da ligação orgânica entre sociedade e sistema de ensino, objetivos, metodologias, conteúdos e avaliação. O "funcionamento conforme", no caso desses textos, pode ser percebido principalmente no que diz respeito às relações extra, intra, inter (pós e con-)textuais, numa divisão meramente didática e problematizadora, uma vez que esses níveis de análise estão em constante interação.

5.2. A conformidade extratextual

Do total geral de títulos, 80% apareceram apenas duas vezes, e os que tiveram os índices mais elevados de frequência perfazem vinte títulos (Anexo II). Desses, 90% são da mesma editora – como parte de uma coleção destinada ao 1º grau – e evidenciam uma repetição de autores (alguns deles, como Lúcia Machado de Almeida, aparecem com até cinco títulos), bem como a aceitação, por parte dos professores, das sugestões de indicação por série apresentada no catálogo da editora.

Uma visão geral dos títulos nos mostra que quatro deles são de contos, dois de crônicas, nenhum de poesia, e que tantos os ditos "clássicos" como os da "literatura contemporânea" (para adultos) são relativamente pouco utilizados nesse nível de escolarização.

Os vinte mais indicados, por sua vez, revelam a ênfase em determinado tipo de narrativa, que poderíamos denominar genericamente de prosa de ficção (novela ou conto) e em determinados tipos de histórias, as de aventura e as de suspense ou policial, o que confirma as preferências dos alunos registradas no capítulo 3.

É importante lembrar também que todos os livros da referida coleção são acompanhados de uma ficha de leitura que, *mutatis mutandis,* apresenta a mesma proposta de trabalho: identificar personagens, tempo e espaço, resumir o enredo, citar o trecho de que mais gostou, relacionar ilustrações com trechos do texto e reproduzir *a* mensagem, ou seja, solicitam do aluno (e do professor) apenas aquela atitude passiva e reprodutora diante do texto, reafirmando os objetivos e as normas de leitura e escrita proposta pelos *Guias,* conforme apontado anteriormente.

De uma maneira geral, as condições de emergência, utilização e recepção desses textos caracterizam-nos como exemplares da literatura infantojuvenil escolarizada. E, dada a repetição que lhes é peculiar, tomarei três dentre os mais lidos, como base para a análise e discussão das questões levantadas neste livro e neste capítulo, em particular. São eles:

1 – *A Ilha Perdida* – Maria José Dupré
2 – *Aventuras de Xisto* – Lúcia M. de Almeida
3 – O *Mistério do Cinco Estrelas* – Marcos Rey

Seus autores, hoje muito conhecidos do público escolar, são também responsáveis por muitas obras do gênero.

A Ilha Perdida foi publicado, pela primeira vez, em 1946 e reeditado, pela Editora Ática, em 1975, depois de ser aprovado pela Equipe Técnica do Livro e Material Didático, em 1974, sendo o terceiro livro da autora não dedicado a adultos. É com essa publicação que se inicia a Série Vaga-Lume da citada editora, e é esse também o título que aparece em primeiro lugar na preferência de nossos alunos, estando já na 22ª edição. De um modo geral, os outros livros infantojuvenis dessa autora são de aventuras, com todos os ingredientes agradáveis ao suposto universo infantojuvenil.

Aventuras de Xisto, que se encontra na 17ª edição, foi lançado em 1957, e é um dos quinze livros com os quais a autora conquistou numerosos prêmios. Apesar de optar basicamente pela novela de aventura, a autora também envereda pela novela policial, como em *O Escaravelho do Diabo.*

Já O *Mistério do Cinco Estrelas,* de 1981, o segundo do autor no gênero e estando na 8ª edição, traz algumas "novidades". Marcos Rey (pseudônimo de Edmundo Nonato), além de escrever romances e contos, é também redator de programas de televisão, tendo adaptado clássicos, como *A Moreninha* (Joaquim M. de Macedo), para telenovelas. Foi também um dos autores de *scripts* de dois outros programas televisivos: *Vila Sésamo* e O *Sítio do Pica-pau Amarelo.* Este é o primeiro de seus seis livros infantojuvenis, os quais seguem basicamente o mesmo esquema narrativo, em que predominam as histórias policiais e de suspense, trazendo a influência da linguagem telenovelística, através da rapidez cênica e dos cortes suspensivos do enredo, entre outros.

5.3. A conformidade intratextual

5.3.1. Aspectos gerais

Como vimos no caso da literatura folhetinesca brasileira, neste caso não são só as condições de circulação e utilização que caracterizam a trivialidade do gênero, mas também aquela complexa rede de relações – inclusive o modo de produção ficcional e os modos de recepção previstos – que constituem o texto.

O que agrada na literatura trivial infantojuvenil é a aparência de variação que causa uma sensação de atividade. Essa variação, de resto presente também nos meios de comunicação de massa em geral, dá-se principalmente no nível dos conteúdos fabulativos, que buscam mobilizar a consciência e a sensibilidade do leitor, dosando cuidadosamente entretenimento e curiosidade. Em sua trivialidade, faz passar conteúdos informativos e procedimentos literários como únicos e verdadeiros. Mesmo a crítica social, quando existente, apresenta-se como um "discurso da história, exterior à ficção"[103]. Mas o que caracteriza, do ponto de vista intra e intertextual, a trivialidade do gênero são os clichês e automatismos em todos os níveis, que buscam, na repetição dos códigos, a fixação de um conjunto sistemático de normas. Tais textos são, assim, basicamente constituídos de invariantes literárias históricas trivializadas[104].

No que diz respeito ao desenvolvimento do enredo, poderíamos reduzi-lo ao seguinte: uma situação inicial de ordem é (aparentemente) violada; com o auxílio do "objeto mágico", o herói procura o transgressor (vilão); lutando contra o Mal, o herói é posto à prova, ou seja, passa pela iniciação heroica; realizando façanhas, vence (restabelece a ordem) e é recompensado.

Ainda que apresentando diferentes configurações fabulativas, essa sequência se encontra presente nos três *best-sellers* do *corpus*.

5.3.2. O enredo

A Ilha Perdida

Henrique e Eduardo vão passar as férias na fazenda do padrinho, onde moravam também sua esposa e os filhos, Quico e Oscar. Na fazenda corre o rio Paraíba, e é lá que Vera e Lúcia, também afilhadas do proprietário e primas dos protagonistas, gostavam de passar as férias.

Bem no meio do rio, ficava a Ilha Perdida. Muitas coisas se contavam sobre ela e seus habitantes, mas nunca ninguém havia ido até lá. O mistério que a cercava fascinou os meninos da cidade, que convidaram os primos para desvendá-lo. Estes recusam o convite e recordam as proibições do pai. Henrique e Eduardo resolvem, então, partir sozinhos a pretexto de visitarem o fazendeiro vizinho.

A ação propriamente dita de Henrique e Eduardo se restringe a elaborar o plano de visita à ilha proibida e colocá-lo em prática. Para isso se utilizam dos conhecimentos (objetos mágicos) adquiridos na escola e na cidade. Arranjam uma canoa velha e fazem os devidos reparos, providenciam comida e água e partem na esperança de breve regresso. Ao chegar à ilha, porém, encantados com a aventura, acabam se perdendo.

À medida que o perigo aumenta e a disposição diminui, os meninos passam do entusiasmo inicial para um sentimento culposo, desencadeando-se um processo de autopunição que passa de moral a física, como consequência do pânico que se instala entre eles.

Depois de dois dias, ao se separarem em busca de alimentos, Henrique é encontrado por Simão, habitante do local, com quem convive por alguns dias e cujo modo de vida passa a conhecer e admirar.

Com o aparecimento de Simão, Eduardo some de cena e Henrique assume um papel de coadjuvante, passando a acompanhar o estranho personagem. Talvez a verdadeira "história" a ser contada comece aqui.

À primeira transgressão soma-se outra. O habitante da ilha o repreende severa e agressivamente pela invasão de sua propriedade. Amedrontado, Henrique diz que não sabia e conta como chegaram ali por acaso. Simão não acredita e, dizendo que não gosta de ser importunado, ameaça torná-lo seu prisioneiro. Diante do novo perigo, Henrique recua, afirmando não ter ido por curiosidade e nem acreditar que a ilha fosse habitada. Desespera-se ao ter que abandonar o irmão que ainda estava na mata. Trêmulo, pede desculpas, mas Simão, cada vez mais zangado, ordena que o acompanhe, deixando de lamúrias.

Simão é o homem que escolhe a vida solitária da ilha para fugir da civilização. Henrique achou sua vida parecida com a de Tarzan, mas, depois de ouvir a história, Simão diz que não são iguais porque "Tarzan vivia na floresta e não conhecia outra vida; ele abandonara a vida civilizada e fora viver na floresta porque queria". Quando Henrique jura não contar nada sobre a ilha, se Simão deixá-lo partir, o homem responde não acreditar em sua palavra, porque os homens são mentirosos.

À medida que crescia a admiração de Henrique por Simão, este se esmerava em seus discursos sobre a maldade dos homens e justificava sua vida na ilha. Quando uma veadinha é encontrada morta com uma bala na cabeça, os outros veados choram, e Simão discorre sobre os caçadores e suas caçadas gratuitas, só pelo prazer de matar.

Em oposição à crueldade humana, o habitante da ilha fala das maravilhas da vida na floresta, onde "todos se compreendem", "são animais bons que ainda não conhecem a maldade dos homens".

Nesse mundo que escolheu, Simão recriou sua vida da maneira mais simples e vive muito bem com as frutas e as raízes da ilha, ao lado dos animais, seus grandes amigos.

A despeito de todos os discursos sobre as malvadezas que os homens fazem com a natureza e principalmente com os animais, Simão, para sobreviver, não "constrói" nada, apenas se utiliza da "mão de obra" dos animais: os micos procuram e trazem ovos; a coruja e o morcego vigiam a ilha, à noite. Para forrar o chão e fazer um colchão, servia-se de peles e couros de animais e usava uma espécie de manta, feita de penas coloridas de aves; e, para se alimentar, comia ovos, peixe e carne de capivara, as quais ele mantinha presas num cercado para engordar.

Essas lições, repetidas até a exaustão, são sintetizadas no final, quando da partida de Henrique, que diz: "nunca esquecerei sua bondade e a maneira como você trata os animais. Aprendi com você essa grande virtude", ao que Simão responde: "Escute uma verdade, Henrique. Quanto mais culto um povo, melhor ele sabe tratar os inferiores e os animais. Isto demonstra grande cultura e você nunca deve se esquecer". E, concluindo, faz um pedido muito sério:

> Ouça bem, nunca maltrate os animais; seja sempre bom e cuidadoso para com eles, principalmente para esses que vivem conosco e nos prestam serviços. Nunca os maltrate. Ouviu bem?
> (Será esse um mundo muito diferente do dos "homens malvados"?)

Ainda nessa convivência com Simão, Henrique presencia um fato didaticamente encaixado no texto, e que acho importante destacar aqui. Assemelha-se a uma fábula e refere-se a macacos que estavam sendo julgados por terem roubado frutas de um companheiro. À semelhança de uma sessão de júri, havia o juiz, o advogado de defesa, o de acusação, os jurados e a plateia. Depois de cada um ter desempenhado seu papel, os réus foram julgados culpados e

> precisavam levar uma boa surra para aprenderem que roubar do próximo é crime. Não era preciso uma surra muito grande porque há crimes piores, mas os ladrõezinhos mereciam uma surra bem regular.

A cena seguinte é violenta.

> As quatro vítimas apanhavam de cipó [e] alguns tapavam os ouvidos para não ouvir os gritos dos infelizes

condenados, deviam ser os parentes ou amigos dos réus. Outros pareciam bater palmas de contentamento.

Ao final, depois que todos se dispersaram, "o juiz e os companheiros sentaram-se no chão e começaram a comer as frutas, causa de tanta infelicidade".
Durante todo o julgamento, os quatro réus se mantiveram de cabeça baixa e "humildemente arrependidos". Ao final, Henrique aproveita-se do acontecido e, percebendo-se sozinho, resolve fugir. Mas logo é encontrado pelos outros macacos que saíram pela mata. Tenta resistir, mas percebe que "se resistisse mais, apanhava com cipó, como vira fazerem aos quatro condenados". Contando o fato a Simão, este diz que

> no fundo da mata acontecem coisas extraordinárias, tão extraordinárias que os homens das cidades nem podem imaginar. E que certamente ele iria presenciar outras coisas *estupendas e dignas de admiração* (grifo meu).

Depois de conviver oito dias com Simão, Henrique insiste em voltar à fazenda, e Simão acaba cedendo, mostrando-lhe o caminho que o levará ao encontro do irmão. Na jangada que Eduardo fizera, tentam navegar rio acima e são resgatados pelo pessoal da fazenda que os procurava.
Admoestados pelos padrinhos, prometem não mais desobedecer nem causar-lhes transtornos. Os primos pedem que lhes contem a aventura, mas não acreditam na história do habitante da ilha. Empreendem uma excursão até o local para averiguarem, mas, nada encontrando, retornam à fazenda.

Aventuras de Xisto

    Xisto descobre, por acaso, o Manual Secreto dos Bruxos e resolve partir em busca dos quatro bruxos restantes na face da Terra, para eliminá-los. Depois de ajudar o rei de seu país, consegue ser armado cavaleiro andante, apesar de sua pouca idade, e, junto com Bruzo, parte para suas aventuras.

    Quanto ao tempo, sabemos apenas que a história se passa quando ainda havia bruxos e cavaleiros andantes. A pátria do herói era um "reino situado num enorme continente que se perdia no meio do mar, ignorado pelo resto do mundo".

    Estão presentes, neste texto, algumas das características dos contos de fadas: o fantástico, bruxos, reis, rainhas e "final feliz". No entanto, não me parece que tais fatores, em conjunto, sirvam aos jovens de escape, recuperação e consolo, de resolução, no nível do imaginário, de conflitos internos. *Aventuras de Xisto* parece mais uma fábula, carregada de didatismo, o qual, somado à autoridade que lhe confere a escola, tomando-o como leitura aprovada e indicada (como de resto os outros dois livros aqui analisados), assemelha-se mais a uma aula sobre o comportamento ideal de um jovem e a importância do saber em sua vida.

    A infância do herói – agora com 17 anos – transcorre normalmente. Ao nascer, ele não chorou, mas "sorriu um sorriso tão alegre e simpático que a boa mãe sentiu que o iria amar muito". O pai morre quando ele faz 3 anos, e sua infância é descrita rapidamente no início, com algumas traquinagens e doenças, que lhe conferem a "normalidade".

O amor imenso da mãe é justificado pela nobreza de caráter do menino, pois "jamais iria haver no mundo mais generoso coração, mais lúcida inteligência e mais nobre alma que a de Xisto", com apenas um defeito: "era danado de guloso" e adorava pastéis de queijo.

Desenvolvimento oposto tem seu inseparável companheiro, Bruzo. Enquanto Xisto "foi crescendo e virando gente", Bruzo "engordou e ficou barrigudo, mas cresceu pouco" e tinha "o raciocínio um pouco confuso, mas ... o que lhe faltava em inteligência, sobrava-lhe em lealdade, dedicação e ... força física".

Xisto é apresentado como um adolescente que se fez adulto, mas o processo desse desenvolvimento é apenas dado, e não trabalhado no texto.

Sua pequenez praticamente inexiste. Por outro lado, o narrador está sempre enfatizando que não há nada de sobre-humano em seus feitos. Quando seu país é ameaçado pelo "fripalta" Mirtofredo Barba-Coque e seus cavalos gigantes, Xisto se oferece ao rei para combater o inimigo e sai vitorioso, usando apenas uma força da natureza, desconhecida de todos, mas que ele descobre por acaso. Com um ímã, atrai violentamente os guerreiros em marcha, de volta ao reino do "fripalta". O herói faz questão de frisar ao rei que não foi bruxaria e pede segredo. Recusa o prêmio em dinheiro e pede para ser armado cavaleiro andante.

Depois que parte em busca dos bruxos, sua arma é sempre a mesma: a inteligência. No reino da rainha cega, com a ajuda de monstros gigantes projetados por ele e que seriam comandados pela população, combate os guerreiros do "fripalta" e novamente sai vitorioso. Num combate corporal, Bruzo salva Xisto da fúria do Mirtofredo. Também aqui o herói recusa qualquer prêmio e só pede ... pastéis de queijo. Quanto a Bruzo, este é presenteado com uma besta de carga...

Em outros dois momentos de perigo, Xisto usa as mesmas forças naturais. Com o curare, paralisa as harpias que tentavam matar Bruzo e, com o gás hilariante, se livra da ameaça dos leões famintos.

Essas "aventurazinhas", ele as empreende enquanto espera se defrontar com os bruxos. No Manual encontrado na gruta havia charadas, que, se desvendadas, permitiriam acabar com os bruxos. Elas apontavam características e fraquezas de cada um. Apesar de tentar, Bruzo só obtém respostas ridículas, e é Xisto quem consegue, paulatinamente, decifrá-las. Assim elimina o primeiro bruxo, Jacomino, "O Que Se Alimenta do Húmus da Terra". Numa noite de lua crescente, com a ajuda de Bruzo, põe fogo no homem-planta e devolve a vida às pessoas que o feiticeiro havia transformado em árvores. Como gratidão por ter libertado o país, recebe de El-Rei uma medalha e muita festa.

Continuando seu caminho de fama, glória e medalhas, chega ao antro dos bruxos, onde reinava o bruxo/rei Vilebrodo/Durga, junto com os outros dois feiticeiros: Minoco, "O Senhor do Tempo", e Fredegonda, "Senhora dos Que Voam, Mas Não São Aves". Aí ocorre o clímax da narrativa. Como já acontecera antes, aqui ele também adoece e Bruzo – sempre saudável – cuida do amigo e o faz recobrar a saúde.

Os bruxos desconfiam de Xisto e tentam eliminá-lo. Num contato direto com Minoco, Xisto usa o gás asfixiante para assustá-lo, mas é encurralado e, como única saída, mostra o Manual a uma criança, transformando-se em canário. E, para se livrar de Bruzo, Minoco o transforma em bebê.

Como canário, Xisto vive um bom tempo nas mãos de um menino, Zingu, que cuida dele depois de ter sido ferido por um "pombicida". (Nesse ponto, a narrativa assume, deliberadamente, o tom moralista e didático em defesa da ecologia.) É assim, como pássaro, e sem poder contar com seus conhecimentos, que ele consegue a lava do vulcão e extermina o feiticeiro Durga, "O Que Vê Sem Ser Visto". Descobre, também casualmente, o peixe-elétrico que eliminaria Minoco. Como pássaro, ainda, retorna à hospedaria onde vivera com Bruzo e, para sua surpresa, encontra ali a mãe que viera para se encontrar com ele. Pousa em seu colo e, com uma lágrima de amor e saudade, retorna à forma humana. Depois dessa alegria, Oriana morre em paz. Xisto, então, procura Minoco e o obriga a desfazer o encantamento.

Por fim, com a ajuda do amigo, Xisto atrai Minoco para o lago, onde o bruxo morre eletrocutado. Fredegonda, que preparava o mingau de leite de morcegos para os bruxos, é eliminada, pois seu fim se daria junto com o do último feiticeiro.

Nosso herói volta à terra natal para comunicar a El--Rei Magnoto o fim de sua missão e a necessidade de abandonar a cavalaria andante, pois o ferimento que sofrera na condição de canário deixara-o enfraquecido.

Retornando ao país de Vilebrodo, o pequeno semideus é convidado para ser rei da Xistolândia, onde "viveu com Bruzo por muitos séculos sem envelhecer", trazendo, para morar consigo, Zingu, o menino que cuidara dele enquanto pássaro, e a ama que cuidara de Bruzo-criança, para lhe fazer pastéis de queijo.

O Mistério do Cinco Estrelas

A epígrafe anuncia um pretenso "tom grandioso" e admonitório:

> É a história dum Davi contra um Golias. O pequeno Davi da Bíblia venceu o gigante Golias apenas com uma pedra e uma funda. Mas há outros meios de se derrubar grandes obstáculos. A persistência não é o mais prático, mas talvez seja de todos o mais eficiente. O autor.

Leo é o jovem *bellboy* do Emperor Park Hotel (cinco estrelas) que através da ajuda de um amigo da família consegue esse "bom emprego". Filho de descendentes de italianos, moradores do bairro da Bela Vista, em São Paulo, Leo trabalha oito horas diárias e estuda à noite. Certo dia, descobre um cadáver no quarto de um dos hóspedes permanentes do hotel, o "Barão" Oto Barcelos, benfeitor amado por crianças, pobres, idosos e doentes.

A única "testemunha ocular" do crime foi Leo, que, por sua "pequenez" – jovem e empregado não qualificado –, não consegue crédito; todas as evidências inocentam o vilão (Barão), que, sendo rico e benfeitor social, estava acima de qualquer suspeita. A injustiça "social" é também o motivo condutor da narrativa: o outro crime. E aparece em outros momentos para pôr à prova a persistência de Leo. O delegado de polícia não só zomba dele, como também o incrimina pelo roubo do isqueiro; o gerente do hotel o demite. Ângela é a menina rica de quem ele gosta, sua quase-namorada. Mas, aconselham os pais, "os moradores do Morro dos Ingleses pertencem a outra classe ... nunca dá certo". E é Ângela quem lhe lembra as palavras do advogado, seu pai: "um pobre nunca consegue pôr um rico na cadeia".

Procurado pela polícia, vê-se obrigado a refugiar-se na casa do primo Gino, paralítico, mas autodidata, poliglota e exímio enxadrista. O primo é o primeiro a acreditar na história do crime, e ambos começam a atuar no sentido de resolver o caso. Depois de passar por perseguições e correr risco de vida, Leo consegue, sem violência nem armas de fogo e com a ajuda intelectual do primo, desvendar o crime, que envolvia uma quadrilha de traficantes de drogas, e ser acreditado pela polícia. Os criminosos são presos, e Leo volta a trabalhar no hotel.

5.3.3. Os procedimentos literários

Nessas narrativas, a adesão que se pretende do leitor/aluno é fustigada através dos mecanismos de projeção e identificação que a presença do herói criança/jovem facilita. Enquanto condutor de ação e suporte de sentido, este se torna estratégico para a decifração do texto como contexto "ideologizado", e também como ponto de tangência que permite rastrear as relações intra, inter (pós e con-)textuais.

As narrativas triviais são predominantemente épicas, no sentido da tradicional divisão tripartite dos gêneros em lírico, épico e dramático. Seu herói é a versão, do ponto de vista da indústria cultural, do herói épico, assim como o romance é descendente da epopeia[105].

Os heróis clássicos, frutos da *hybris,* trazem em si a complexidade de deus e homem, configurando a união dos contrários. O herói trágico faz o percurso da queda até que a expiação da culpa lhe traga a reconciliação interior. O herói épico, percorrendo espaços como um guerreiro, passa por provações e dificuldades que o fazem, ao final, transformado, e não apenas vencedor. Apesar de a situação histórica configurá-las como representativas dos homens bons (os aristocratas), a epopeia e a tragédia gregas extrapolam a condição de propagandistas e mantenedoras do *status quo,* na medida em que mostram todo o movimento contraditório do herói, com suas grandezas e defeitos. Como "maior a altura, maior o tombo", o herói trágico tem na queda o desvelamento de sua grandeza. É o que acontece com Édipo. E o herói épico, em suas andanças, pode até cometer ações baixas como matar, trair, punir, mas sua humanidade se acentua com o desvelamento de sua baixeza.

Quanto ao herói, Kothe[106] distingue, na poética moderna, três momentos:

> 1) valorização do audaz *entrepreneur,* que constrói a partir de sua iniciativa privada seu próprio processo de ascensão social (ex.: Crusoe); 2) descrença nesse processo de luta pela ascensão social (ex.: Bovary); 3) crença no processo de reversão da própria estrutura social e positividade dos heróis que tentam fazê-lo (ex.: Etieune).

A literatura trivial infantojuvenil – como a destinada a adultos –, no entanto, tem um desenvolvimento marginal a essas tendências, como se pretendesse ser a-histórica e "lúdica" apenas, acompanhando o *aggiornamento* do conceito de criança e jovem. Aí, o herói individualizado, valente, todo-poderoso se aproxima de um pequeno deus. Mas é, na verdade, um pseudo-herói, cujas andanças têm a função de restaurar uma situação inicial de ordem, de defender a lei que o vilão transgrediu e conservá-la. Não se questiona nem o Bem, nem o Mal; são apenas evidências, segundo as quais a felicidade está na manutenção da ordem.

A epígrafe de Marcos Rey, num de seus últimos livros, *Bem-Vindos ao Rio* (1986), ilustra essa situação dicotomizada:

> Há dois mundos, o de cima e o de baixo. Quem vive no de cima pode, por curiosidade ou acidente, conhecer o outro. Mas os que estão no de baixo só através do sonho viajam para o de cima.

Os heróis juvenis prediletos do público escolar desenvolvem um percurso que se caracteriza como rito iniciatório para a vida adulta, ou seja, para a realização do devir psicológico, histórico e social do "ser em formação".

A transgressão da ordem inicial constitui um momento rico e muito explorado como ponto de partida para o desenvolvimento da ação. Mas, extrapolando a esquematização formal, esse momento tem implicações mais profundas, principalmente nos tipos de textos em análise.

Enquanto rito de iniciação ou de passagem, transgredir significa, em última instância, buscar sentido para a própria vida[107]. Através de um processo catártico, proporcionado pela linguagem simbólica, os conflitos proibidos (em vários níveis: psicológico, social etc.) podem ser sentidos como parte da multiplicidade de tendências contraditórias do homem e do mundo e ser trabalhados primeiramente na imaginação.

Por mais complexas que sejam, enquanto características dos ritos de passagem nos períodos de desintegração, as crises psicossociais do crescimento são, porém, para esses heróis, apenas um pretexto de autoafirmação com função modelar e demonstrativa. Representam um apelo à racionalidade adulta e burguesa, ao *self-made boy* que busca, por caminhos individuais, não a superação, mas a confirmação de "grandeza" que, paradoxalmente, é fruto de dons inatos e individuais: a sabedoria e a inteligência. Seu mérito não nasce do trabalho, mas da "mais-valia". Não há façanhas, mas muito ativismo para que o protagonista possa mostrar sua grandiosidade, numa enumeração exaustiva dos atributos de um jovem perfeito. Os aspectos díspares da personalidade e da realidade mantêm-se intactos – como de resto todos os códigos e normas do gênero –, através de artifícios como reduplicação heroica e deslocamentos projetivos secundários de espaço, tempo, ação e foco narrativo, a começar da localização de uma situação problemática inicial em outro mundo: o do adulto e o da "fantasia", pressuposto a partir do qual se busca, sofismaticamente, a verossimilhança que dê sustentação e coerência ao percurso heroico.

Desobedecendo às ordens do padrinho, Henrique descobre o segredo da ilha perdida no rio que corta a fazenda; Xisto, descobrindo casualmente o Manual Secreto dos Bruxos, parte em busca dos quatro bruxos restantes na face da Terra, para eliminá-los; e Leo, a partir da descoberta de um cadáver num dos quartos do hotel onde trabalha, busca persistentemente descobrir o assassino e as razões do crime.

Apesar de Henrique, Xisto e Leo ocuparem o primeiro plano, como agentes da ação, trata-se, no caso desses textos, de heróis reduplicados suplementares (Henrique/Simão, Xisto/Bruzo e Leo/Gino), com que se fustigam as possibilidades de identificação e projeção do leitor. Henrique é jovem, curioso e corajoso, mas Simão é adulto, tem conhecimento e experiência. Xisto possuía o "mais generoso coração, mais lúcida inteligência e mais nobre alma", ao passo que seu ajudante Bruzo, apesar de ter o raciocínio um pouco confuso, esbanjava lealdade, dedicação e força física. Leo, sempre pronto na ação, é observador, corajoso, forte e perfeito fisicamente, e Gino, exímio enxadrista, poliglota e autodidata, é paralítico.

Com o auxílio de seu duplo e de um "objeto mágico", o herói luta contra o Mal e é posto à prova, ou seja, passa pela iniciação heroica. Para esses heróis juvenis, adequados à transitação escolar, o objeto mágico é o uso racional da força da inteligência e da persistência aliadas à força física possível. Henrique/Eduardo utilizam-se dos conhecimentos aprendidos na cidade e na escola para conseguirem chegar escondidos à ilha perdida, e lá Simão mostra como reorganiza racionalmente seu mundo "natural"; pela sua engenhosidade e inteligência, somadas à força física encorajadora do amigo, Xisto soluciona as charadas contidas no Manual e vence os bruxos; e Leo desvenda os crimes de uma quadrilha de traficantes de drogas pela sua persistência e força de vontade, aliadas à sagacidade de enxadrista de seu primo, Gino.

A estratégia do(s) heróis(s) – o uso da racionalidade e da lógica como arma para desvendar o enigma e reparar as injustiças – parece semelhante à adotada no que diz respeito à relação do texto com o leitor. A linearidade narrativa, o encadeamento lógico, os índices de delimitação e circunscrição do espaço e do tempo e a pequenez de Golias, buscando a adesão lógica pela cumplicidade, buscam também enredar o leitor no "possível-crível", ou seja, a partir de uma falsa referência à realidade – é novamente o basta-lutar-e-ser--persistente –; o resto vem por acréscimo, logicamente. E o efeito da demonstração de evidências, que tenta eliminar soluções mágicas, assume ares de didatismo contra a fantasia, o que, no entanto, acaba por mistificar a realidade, caracterizando-se como um discurso sobre[108] e exterior à ficção.

A iniciação heroica se dá de maneira estereotipada e inverossímil (pouco convincente). Na medida em que não existe uma situação problemática inicial, tanto o Bem como o Mal são dados tautológicos, preexistentes (à narrativa e à narração) e em oposição dicotômica, fazendo com que o encontro do objeto mágico nada altere de fato. As provas por que passa o protagonista não o fazem descer às profundezas, nem o transformam; não há crise, pois não há conflito, nem antagonista. O Mal está irreconciliavelmente fora do herói, e sua natureza boa só faz se afirmar através das "proezas" que realiza para comprovar a tese inicial: o herói é o "mocinho" e o vilão é o "bandido". Aquele carrega todos os traços da virtude moral; este, todos os vícios. O herói não se prova, mas prova a evidência.

Assim acontece com nossos heróis e vilões. A proeza de Henrique é fruto da desobediência – da qual, no entanto, se arrepende, após sofrer e reconhecer a verdade de Simão –, mas logo a "Providência Divina" faz surgir Simão, que assume o primeiro plano da narrativa e conduz o menino ao conhecimento da "verdadeira" forma de vida encontrada para se proteger da maldade dos homens. Xisto, por sua vez, já nasce grande, e seus feitos gloriosos visam à eliminação de bruxos, cujas maldades não se dão a conhecer na narrativa. Leo, acusado injustamente por pequenos roubos e desacreditado, torna-se o detetive que, desvendando o enigma do crime, reafirma-se aos olhos do leitor e dos personagens adultos como bom e honesto.

Nesse percurso linear e "por fora", o protagonista quase nunca está só: é sombra e títere do narrador/autor. Ainda que a narrativa seja em primeira pessoa, é sempre a voz do adulto, não mais dando conselhos a partir de sua própria vivência, como observa W. Benjamin a respeito do contador de histórias[109]. Não há conselhos, porque não há resposta a uma pergunta. O narrador, onipresente e onisciente, é sempre o guardião da ordem, controlando e buscando impingir as interpretações ao leitor, e colocando, por isso, como inconciliáveis, princípio de prazer e princípio de realidade.

Usando dos mais diferentes artifícios (interferências, discurso indireto livre etc.), o narrador impede que aquilo que poderia ser um momento de reflexão e construção de si e do mundo ocorra, não permitindo nem ao herói nem ao leitor o isolamento. Ao se ver só e perdido na ilha, Henrique começa a sentir medo e a se autopunir passando por privações, mas logo aparece Simão, e seus problemas de sobrevivência se resolvem nas aulas práticas e teóricas do "ermitão"; Xisto tem seus atos constante e didaticamente comentados pelo narrador, e em seu itinerário não há recolhimento, nem quando é transformado em pássaro; Leo, por sua vez, é acompanhado *pari passu* pelo narrador que vê, espia e age junto com ele e por ele, sendo que, nos momentos de visões reveladoras, reforçando a onisciência do narrador, aparecem ilustrações fixando a cena, como recurso necessário para que o leitor se solidarize com e se torne cúmplice do desacreditado herói.

O cenário iniciatório se delineia também através de um deslocamento temporal e espacial, em que a busca da atemporalidade utópica do mito é sufocada pela necessidade fática de sintonia com o leitor médio previsto e com as normas escolares. Henrique e Leo, inseridos na rotina urbana e escolar, procuram satisfazer às necessidades de lazer e fantasia durante as férias escolares e distantes de seu cotidiano. E Xisto, no tempo e espaço do "era-uma-vez", parte, abandonando a situação estável do lar, em busca de aventuras. Não se trata, no entanto, de lazer e fantasia gratuitos, e o que parecia uma inconsequente brincadeira se torna uma lição de vida. (Assim como também é vista a leitura: usar o caminho prazeroso da literatura para formar o público que sabe ler, mas que tem uma personalidade amorfa a ser moldada.)

Fugindo para a ilha perdida, Henrique aprende o modo ideal de vida escolhido por Simão, que tenta se opor à vida burguesa e urbana, mas que representa muito mais uma fuga deliberada do convívio com a humanidade, em vez de lutar para transformá-la. Seu refúgio na ilha é um retorno a um momento anterior à civilização, sem os vícios que esta acarreta. A fazenda está situada perto de Taubaté, e o rio que a atravessa é o Paraíba. Mas a ilha e o que nela se passa estão além das fronteiras da realidade. Essa condição, reforçada pela retomada de um tema exaustivamente repetido na literatura ocidental, mas esvaziado de marca histórica por se pretender universal, não consegue nada mais que repetir lugares-comuns. Tratada no nível do senso comum e desprovida da contextualização, a questão do paraíso perdido se "naturaliza" e, neutralizando no discurso todos os possíveis conflitos gerados no confronto das visões de mundo, acaba por mascarar a realidade que pretende criticar, tornando-a inerente ao ser humano.

Simão representa um impasse projetivo. Concretizando o mundo adulto ideal, sua presença deixa transparecer que não há saída a não ser na situação criada por ele. Mas aí se repetem as mesmas relações de exploração de Simão em relação aos animais dos quais ele se serve para comer, punir, vestir-se, repousar o corpo, contradizendo seus discursos a favor da bondade e da amizade entre o homem e seus semelhantes.

Leo, deslocando-se para o mundo do crime e das "transgressões", traça um aparente percurso pelas profundezas e busca solucionar um enigma pouco enigmático e que não é o seu. Inicialmente, divide seu dia entre o bairro de classe média baixa e o hotel 5 estrelas, lugar de luxo e ostentação, e almeja, através do amor por Ângela, estar no Morro dos Ingleses. "Rompendo" com a ordem de sua iniciante mobilidade, o crime o faz buscar, nos porões da lavanderia do hotel, junto com as roupas sujas, o cadáver que seria a causa de seus infortúnios. É expulso do hotel, separado da família e zombado na delegacia de polícia. Refugia-se na casa do primo, de onde sai apenas para solucionar o enigma. Para isso é necessário ser sequestrado e levado até a represa de Santo Amaro. A fim de fugir dos traficantes, mergulha na água e nada incansável e bravamente. Com as roupas molhadas, exausto, consegue chegar são e salvo ao Morro dos Ingleses, onde se refugia momentaneamente até resolver o crime e voltar ao hotel e à família.

Tudo isso apenas para, punindo o malfeitor, ensinar que o Mal não compensa e nem o Bem, porque afinal ele só conseguiu retornar à condição inicial.

Xisto, por sua vez, luta, percorre mundos imaginários, desloca-se numa estafante jornada para mostrar, num misto de herói bíblico e épico, que a força de vontade e a persistência são as maiores virtudes. Disputa e usurpa o poder adulto, representado por bruxos e reis, conquista o reino e vive feliz sem envelhecer. Mas para quê? Tão nobre de espírito e desprendido das coisas materiais, tendo eliminado o Mal (?) que os bruxos representavam, só lhe resta a estagnação da ordem, nunca alterada. Não há descoberta, nem resolução do problema da identidade. Muitas coisas sucederam, mas ninguém se aperfeiçoou.

O rito de passagem da vida infantil para a adulta, que consistiria em alcançar a independência psicológica e social e a maturidade moral, como resultado de opções probatórias, acaba se caracterizando pelo encaixe das partes pré-moldadas e apenas momentaneamente desarticuladas, com vistas à recomposição sistêmica do "todo", ou seja, à "epifania heroica".

A linearidade temporal, espacial e psicológica da narrativa tenta reproduzir a ordem que se quer no mundo e na vida das pessoas. É como se na vida não houvesse movimento, só a estaticidade da "mão única". Uma vez iniciada a narrativa, já se pode prever seu final, como se o destino de todos estivesse traçado desde sempre e nada pudesse alterar essa "ordem natural" das coisas. A desordem – e não a ruptura – não interfere no ritmo dos acontecimentos, porque é logo punida, e o transgressor se arrepende, depois de reconhecer a falta.

A lei, tanto no plano jurídico como no moral e social, é um dado e está contra o herói, que, no entanto, só quer defendê-la. Por tentar reparar essa injustiça original, o protagonista se vê obrigado a perambular no purgatório do mundo e da adolescência, para ter direito de desfrutar uma vida "eterna" e letárgica.

O herói é rebaixado aos olhos dos outros, mas, ao se redimir de uma culpa que não tem, transforma apenas a imagem que os outros têm dele. Ou melhor, reafirma estar de acordo com a lei e a ordem, restaurando-a aos olhos do mundo adulto que espreita, vigia e pune, ilegítima mas legalmente. A recompensa do herói é ser reconhecido como "normal", de acordo com os critérios do legal mas inverossímil universo das aparências que a narrativa busca imitar. Henrique reconhece a desobediência para com os tios e as verdades de Simão e se vê reconhecido apenas como travesso e sonhador (e "normal", portanto, para sua idade), quando ninguém mais pôde conhecer os segredos da ilha. O reino da Xistolândia e a juventude eterna são os prêmios "normais" e previstos para quem lutou para eliminar o poder de reis bruxos. Leo obtém a reabilitação e a credibilidade, retorna ao convívio dos familiares com uma grande festa à italiana, é readmitido no emprego e, embora não termine nos braços da amada, tem a recompensa de repousar em sua casa após a fuga da represa. Essa pequena falha de final feliz, no entanto, é prevista pelo enxadrista quando filosofa: "Pode ser mais fácil pôr o Barão na cadeia do que convencer os pais dessa moça a aceitar o namoro". (Aliás, Leo nem tenta transgredir essa lei; Ângela não passa nunca da condição de quase-namorada.)

Seus duplos recebem recompensas também suplementares: Simão vê-se admirado na sua solitária vida e continua em segredo; Bruzo desfruta os privilégios de ser leal companheiro do rei; e Gino ganha o reconhecimento e exaltação de sua inteligência e perspicácia.

O herói transgride a legitimidade da lei apenas para reafirmar sua legalidade, sem transformar a si mesmo e ao mundo. Desvenda o enigma e vence o Mal, mas deixa intocado o enigma da sua vida e da complexidade e contradições do real, no qual nem tudo está previsto pela lógica linear e, por isso, pode ser revisto.

Nesse sentido, tudo ficou no nível mais superficial da sensaboria. O Mal não era tão mau assim, nem se fez temer. O Bem não convence, porque não consegue a felicidade da descoberta e o prazer da conquista e do trabalho, que dão sentido ao percurso e à busca.

Nesse suposto processo mimético, a distância estética é predominantemente inamovível, procedimento que, somado aos demais, pressupõe uma atitude de cumplicidade meramente contemplativa e receptiva por parte do leitor. Não há espaço para a reflexão, porque inexiste a ameaça de uma catástrofe iminente, e a proximidade da informação torna-a inteligível por si mesma, reduzindo-a ao instante.

Vencer, como herói da narrativa ou da leitura, é conquistar o direito de penetrar no mundo adulto e ser reconhecido por ele; é passar da barbárie à civilização, da irracionalidade primitiva para a racionalidade (burguesa). A recompensa é desfrutar (solitariamente) o *poder* que a nova condição lhe confere.

As fichas de leituras, ao final, coroam o êxito dessa caminhada do herói-leitor, com o final feliz da nota fácil, que garante a persuasão e o controle da recepção, buscando extinguir a polissemia e os significados indesejáveis decorrentes do possível efeito estético.

Como se vê, o saldo final é escasso. Que aventuras viveram os personagens das narrativas (e da leitura)? Quase nenhuma. Talvez Eduardo as tenha vivido, mas, como a autora desloca o foco narrativo para os outros dois personagens, nada ficamos sabendo sobre a forma de sobrevivência encontrada pelo primeiro menino. Quanto a Henrique, este não foi protagonista nem agente da ação.

O personagem Simão, por sua vez, representa uma contradição. Simbolizando o mundo adulto ideal, ele mostra que não há saída a não ser na situação criada por ele na ilha, ou seja, longe do convívio com os outros homens, mas repetindo as mesmas relações de socialização e exploração com os animais. Crescer, tornar-se adulto apresenta-se de maneira polarizada: ou se igualar aos homens cruéis que fazem parte da civilização, ou fugir, como Simão, para viver solitário para o resto de sua vida.

Apesar da aparente fantasia e do pretenso final feliz, *Aventuras de Xisto* é um conto admonitório que não deve trazer consolo nem escape a nenhum jovem. Ao contrário, só lhe resta a ansiedade e o desespero de acabar na solidão do cerebral Xisto ou na inferior imbecilidade do fiel e feio Bruzo.

Para onde deslocar os mecanismos de projeção e identificação? Para o adulto não há saída: ou cruel, ou solitário. Para o jovem, por sua vez, resta esperar crescer para ser isto ou aquilo. Seu presente está traçado pelo adulto e se resume em ouvi-lo e pacientemente assimilar suas lições de vida. Qualquer "ruptura", além de frustrante – porque não constrói nada de novo –, é também merecedora de uma punição moral, restando ao seu transgressor o arrependimento ou a saudade do mundo ideal que conheceu. A coexistência dos opostos é impossível.

Ao herói da leitura só resta o final previsto da avaliação da trajetória trivializada pela superfície do texto.

5.4. A conformidade intertextual

5.4.1. Adaptação e trivialização

Além de serem comuns as adaptações diretas de textos clássicos estrangeiros que tradicionalmente agradam ao público infantojuvenil brasileiro, existem outras que, indiretamente, se apropriam deles e repetem, de maneira trivializada, aspectos temáticos e recursos retóricos numa aproximação apenas tangencial e quase acidental das matrizes literárias.

É o que sugerem os textos analisados, quando contrapostos a obras como *Robinson Crusoe* (1719), de D. Defoe, e *Dom Quixote de La Mancha* (1605/1615), de M. de Cervantes. E talvez seja também no diálogo intertextual que se possam buscar outras fontes para iluminar as sensíveis limitações da literatura trivial infantojuvenil em seu "funcionamento conforme", sem nos esquecer de que "as distorções constitutivas da literariedade de um texto continuam perceptíveis mesmo que os sistemas normativos tenham mudado"[110].

5.4.2. Robinson Crusoe

Ainda que originariamente escrita para adultos, a obra de Defoe obteve grande sucesso, já no seu tempo, entre crianças e jovens. Parte dessa fama se deve aos *cheapbooks*, que se difundiam, desde o início do século XVII, por Londres e outras cidades inglesas, através de vendedores ambulantes. Paulatinamente, os leitores jovens foram selecionando os elementos que lhes interessavam, e a puritana razão do livro foi-se diluindo. Em vez de ênfase no castigo divino gerado pela desobediência às ordens paternas, alguns elementos foram recebendo atenção: a narração detalhada e minuciosa, o espírito de engenhosidade e exatidão que garante veracidade ao relato e leva a crer que o autor é o próprio Robinson. Este aparece como um homem de carne e osso, que passa por várias dificuldades e, com imaginação, força e coragem, consegue superar as circunstâncias e reconstruir sua vida.

Este herói de forma convencional representa o triunfo da vontade sobre o destino; é o homem civilizado *(homo faber)* que se vê obrigado a reinventar o progresso acossado pela fatalidade. É também o homem que luta com sua inteligência para sobreviver e não "involuir" até a barbárie[111].

Narrado em primeira pessoa, com tempo da narração posterior ao da narrativa, ao herói é permitido recontar sua trajetória de maneira analítica e crítica, dada a distância dos acontecimentos. E é justamente aí que parece residir a força da novela.

O naufrágio do herói está, de certo modo, ligado à transgressão das ordens paternas. O jovem Robinson, que sempre sonhara em ser marinheiro, é repetidas vezes admoestado pelo pai. Este lhe recorda as vantagens da vida estável e mediana que a família lhe podia oferecer, em detrimento das incertezas e agruras que a vida no mar representa.

Mesmo assim o instinto fala mais alto, e Robinson parte para sua primeira viagem. Assusta-se com as dificuldades advindas com a primeira tempestade e começa a se arrepender por não ter ouvido os pais. Mas, quando o tempo se acalma, também seus sentimentos se recompõem. E, depois de várias viagens, aventuras e estadas em terra firme, ao partir em busca de negros escravos africanos, o personagem vê naufragar o navio em que viajava e se torna o único sobrevivente, sendo levado pelas águas para a praia de uma ilha deserta. Foi necessário refazer sozinho todo um modo de vida, e só depois de aproximadamente 28 anos ele consegue retornar à sua terra.

À construção das condições práticas para sua sobrevivência soma-se sua própria construção enquanto pessoa. Desencadeia-se, com a solidão seguinte ao naufrágio, um processo de reflexão e autoconhecimento; reflexão sobre Deus, o homem e o sentido da sua vida. É preciso renascer. É assim que Robinson aponta a coincidência da data de seu nascimento com o dia e mês em que chega à ilha. Distanciado de seu mundo, sozinho, sem instrumentos (a não ser os que recolhe do navio), ele se torna o criador de seu mundo, a partir do pouco que lhe restou. Cria os utensílios, a moradia, o alimento, revê sua própria humanidade. Nada está pronto. A ilha é descoberta "por acaso", e a busca de si dá-se através de necessidades de sua nova condição.

E esse conhecimento, ligado à situação histórica e social do homem do século XVIII, significa também a ruptura com determinada concepção de natureza humana. Para seu reerguimento concorre a iniciativa do trabalho que gera o progresso. É como se Defoe recontasse aí a história da criação do mundo e do homem, à luz das concepções burguesas e do capitalismo emergente[112].

Quão distantes disso estão Henrique e Simão! A submissão de Robinson a Deus é, para nossos heróis, substituída pela submissão ao mundo dos adultos. A estaticidade dos personagens está em relação direta com o mundo pronto e acabado que lhes é dado.

O jovenzinho não foge para renascer, não cria nada.

É-lhe apresentado um mundo completamente asséptico, construído pelo adulto e doado como lição de vida a ser aprendida. Para esse aprendizado bastam oito dias, enquanto, para refazer-se, Robinson precisa de 28 anos!

Note-se, porém, que quem constrói uma nova proposta de vida é Simão. Henrique deve ser preservado e poupado de semelhante processo. Ele não precisa passar pelo que Simão passou. Basta imitá-lo e aprender com ele, postura que corresponde à experiência do adulto em relação à inexperiência da criança.

O modo de vida ideal escolhido por Simão se opõe (aparentemente) à vida burguesa e urbana. Ele foge deliberadamente do convívio com a humanidade, em vez de lutar para transformá-la. Seu refúgio na ilha é uma volta ao primitivo, a um momento anterior à civilização sem os "vícios" que esta traz, mas evita ser confundido com a barbárie, buscando se aproximar do estado original adâmico.

A mesma relação se encontra entre personagem jovem e mundo adulto. Só Henrique teve acesso à ilha. Ele está para o mundo adulto assim como a ilha está para a civilização. Confirmando essa posição, Henrique não se faz crer, quando conta sobre a ilha.

Como nada na narrativa passa do nível da superficialidade, não ficam claras nem sugeridas as razões da queda do homem e de sua privação desse paraíso. A reconquista efetuada por Simão também não vai além de algumas lições de preservação da flora e da fauna. E a essa inconsistência temática acrescenta-se o caráter atemporal e atópico da narrativa. (Digo da narrativa, porque a narração, enquanto texto, tem um estatuto tópico e temporal irreversível.)

Na obra-mãe, *Robinson Crusoe,* pode haver muitas limitações, mas sua grandeza consiste no fato de representar uma verdade, ou a busca de uma verdade, relativa ao homem de seu tempo. É por isso mais, digamos, "honesta". A relação se inverte. Na medida em que Defoe "mergulha de cabeça" no mundo e no homem de seu tempo, sua obra se universaliza e extrapola as condições em que foi criada. Hoje, sua leitura pode nos causar muito prazer e reflexão. Essa universalidade, no entanto, buscada em *A Ilha Perdida,* ao descontextualizar-se, torna-se sua própria pequenez, e sua leitura pouco ou nada acrescenta.

Em *A Ilha Perdida,* à ausência de complexidade temática e narrativa junta-se uma outra faceta da tentativa de controle do narrador adulto sobre o mundo e o universo interior da criança, que, como vimos, se concretiza, entre outros, através do foco narrativo. A onisciência desse narrador não consegue disfarçar seu caráter tutelar, nem quando finge ceder a voz ao personagem, através do discurso direto ou do discurso indireto livre. Esse último recurso, em *Robinson Crusoe,* é o canal de comunicação do personagem consigo mesmo e com o leitor, numa tentativa de trazer o inconsciente ao nível do discurso. Em *A Ilha Perdida,* tem-se a sensação de que o tempo todo o narrador está preocupado em filtrar os sentimentos e as emoções dos personagens, para que eles possam ser exemplares. Como não há participação no processo, também não há crescimento. Os problemas estão fora do personagem, estão na "humanidade". Posição muito diferente da de Robinson Crusoe: "I was born to be my own destroyer"[113]; a consciência de si enquanto ponto de partida para o conhecimento do outro e do mundo; a consciência de suas limitações e contradições e todo o trabalho de autoconstrução: "... how incongrous and irrational the common temper of mankind is, specially of youther"[114].

Em *A Ilha Perdida,* a oposição Bem × Mal, decadência × opulência se dá de maneira dicotômica e irreconciliável e deve levar um jovem "normal" a se desesperar diante da impossibilidade de caminhos para superar sua condição. Em *Robinson Crusoe,* no entanto, o sofrimento humano, enquanto rito de passagem, tem um sentido muito forte: decair à miserável condição, para se reerguer.

> Thus we never see the true state of our condition till it is illustrated to us by its contraries, nor know to value what we enjoy, but by the want of it[115].
> Thus what is one man's safety is another man's destruction[116].

Chega ao fundo de si, quando teme desesperado a presença e o confronto com *outro* ser humano na ilha, e o conhecimento da condição humana é fruto de sua experiência, de sua reflexão.

Em certo sentido, julgo ser mais fácil se identificar com esse personagem do século XVIII do que com os personagens de M. J. Dupré, mais próximos de marionetes, que em nada parecem ajudar no trabalho com os conflitos e contradições do jovem leitor.

Personagens planos, os de M. J. Dupré pouco servem enquanto deslanche e suporte de sentido, pelo menos não dos possíveis sentidos da vida do homem brasileiro deste século.

5.4.3. Dom Quixote de La Mancha

Publicado em duas partes (a primeira em 1605 e a segunda em 1615), o texto de Cervantes implica uma "crítica à ilusão cavaleiresca da época, uma crítica erudita desse culto popular ao herói"[117]. Dom Quixote é herói/anti-herói entre o cômico/satírico e o épico. Vários planos se entrecruzam no jogo mimético da narrativa que se desenvolve em dois níveis: a literatura falando a vida/a vida falando a literatura e a literatura falando a literatura.

A "combinação desusada", a prudente moderação do sábio, "combinada com a absurda imoderação da ideia fixa produz uma multiplicidade que não se deixa harmonizar totalmente com o meramente cômico". O jogo gera um divertimento "disposto em camadas tão numerosas como nunca antes acontecera"[118].

Para si mesmo, Dom Quixote é um épico; para os outros personagens é um herói cômico; para o jogo "metalinguístico" do texto em relação à sua época é o herói satírico. Mesmo ridicularizado, ele acredita estar passando por percalços e realizando o percurso do herói da cavalaria andante. Para os outros, ele é a sátira do intelectual/guerreiro que busca nos livros sua fonte de inspiração para lutar contra o Mal, que aparece corporificando o poder.

O herói se rebaixa, porque serve de motivo de riso nas suas andanças, mas, readquirindo o juízo ao se encontrar moribundo, reconhece a ordem e o erro advindo de sua loucura. Sua presença nada muda, apenas transforma a felicidade e a infelicidade, a ordem da realidade num jogo, com aquela "neutralidade múltipla" de Cervantes, "perspectiva não julgadora nem interrogadora que é uma corajosa sabedoria"[119].

Enquanto gênero, o texto rompe, sob a aparência de conservar. No jogo sobre o jogo da literatura, o processo mimético se dá em relação ao real e ao verossímil criado pelo próprio texto.

Devido ao sucesso da primeira parte, após dez anos é publicada a segunda, na qual os personagens se reportam ao que haviam lido e discutem "falsas" versões da história. O narrador, também personagem, para afirmar a veracidade de sua versão, reporta-se ao primeiro narrador. As fronteiras entre fantasia e realidade, loucura e lucidez se estreitam ainda mais, pelo fato de os atos dos personagens, na segunda parte, serem influenciados pela leitura da primeira. O duque e a duquesa, com quem deparam Dom Quixote e Sancho, após a confirmação do que haviam lido, resolvem burlar os dois e preparam uma farsa para desencantar Dulcineia. O próprio Sancho Pança, que inventara a história do encantamento de Dulcineia para se livrar da empreitada que lhe dera o amo, acaba acreditando que o encantamento é verdadeiro e, a troco do dinheiro, aceita ser açoitado e açoitar Dom Quixote para livrar a donzela, conforme o embusteiro Merlim havia ordenado.

A intertextualidade se dá com referências não só a outras novelas de cavalaria, mas também em relação a esta mesma.

O percurso do herói vai da loucura ao restabelecimento da razão. Vive intensamente a loucura e só readquire o juízo quando nada mais pode fazer com ele. Imperando a razão, existe apenas a estaticidade.

Pelo fato de advir da fantasia do herói, o Mal aparentemente inexistente é deslocado para o nível do jogo. Os dois eixos que norteiam o itinerário do herói – elevado para si, rebaixado por e para os outros – se relacionam dialeticamente no plano da leitura. A humanidade divina do Cavaleiro da Triste Figura o torna simpático ao leitor, porque ridicularizado pelos outros que não o entendem e cujo procedimento é condenável pela maldade de que se impregnam.

Dom Quixote é o demiurgo de um mundo impossível, mas verossímil em sua loucura; é mais crível do que a "normalidade" antipática e maldosa. Assim, a identidade para si,

> – Quem eu sou, sei eu..., e sei que posso ser não só o que já disse, senão todos os doze pares de França, e até todos os nove de fama, pois, a todas as façanhas que eles por junto fizeram e cada um por si, se avantajarão as minhas[120].

é uma certeza do herói questionada todo o tempo pelo jogo da narrativa, e a lucidez final é a constatação da impotência e a superação do quixotesco sonho de mudança (do mundo e não de si); o aparente conformismo é denúncia de que "os fenômenos da realidade já se haviam tornado difíceis de serem abrangidos, e não mais se deixavam ordenar de uma forma unívoca e tradicional"[121].

Xisto, nosso jovem cavaleiro andante, no entanto, não consegue realizar as proezas do jogo, nem no plano da narração nem no da narrativa. A razão e o princípio da realidade norteiam neuroticamente seus passos. É uma caminhada "quixotesca" no sentido mais restrito do termo. Pondo todos os seus dons "a serviço dos mais altos ideais de seu nobre coração", seu desejo era libertar o mundo dos últimos bruxos existentes, para então o homem só lutar com forças iguais às suas. Tenta recriar um mundo possível, mas inverossímil em sua lucidez e racionalidade mágicas.

A estaticidade de Xisto é sufocante para si e para Bruzo. A solidariedade dos dois companheiros fica reduzida a um nível superficial. O escudeiro é subserviente a Xisto (a razão) e representa a projeção de uma tendência social e psicologicamente inaceitável que se mantém separada da razão até o final, simbolizando a fixação em níveis primitivos de desenvolvimento. Bruzo só aparece para reafirmar e fazer brilhar a grandeza de Xisto, diferentemente de Sancho Pança, que é personagem atuante no jogo narrativo.

Do ponto de vista da identificação projetiva, *Aventuras de Xisto* aponta para uma situação do tipo ou/ou: ou Xisto, ou Bruzo. Para este não há salvação, nem superação de sua condição "animal" (irracional). Xisto é metamorfoseado em pássaro, confirmando seu percurso em níveis superiores de existência, reservada àqueles que se entregam aos ditames da razão (virtude e dom inatos): alçar voo, voar alto, para retornar à condição humana igual, mas com a lava que eliminasse um dos bruxos. A quem se deixou levar pelas forças instintivas, a metamorfose é regressiva. Bruzo retorna à condição de imbecilidade da primeira infância, ou da barbárie e irracionalidade (ainda que conserve aspectos físicos de adulto), retornando assim à condição de que nunca saiu. Sua metamorfose sugere um estado indiferenciado que precede as lutas psicossociais do crescimento.

Ao final da narrativa, fica uma (e a mesma) pergunta. Por que Xisto enfrenta os bruxos? A vontade de ser útil à humanidade não convence. No país de Vilebrodo, o próprio herói se pergunta se esse rei não poderia ser seu aliado, já que ele parecia amar seu povo, dando-lhe luxo e riquezas...

Esses estereótipos da literatura para crianças e jovens sintonizam-se com seu público através da relação espácio-temporal. Sua vida gira sempre em torno de um vir-a-ser. Sua "presentidade" só tem sentido enquanto espera. A escola retarda sua entrada na produção. A literatura trivial infantojuvenil é a antessala para a cultura dos adultos. Tudo sob a justificativa de preparação para a vida. Vida que ainda não é, mas que, quando for, se nutrirá da saudade do passado não vivido. Estranha perspectiva esta! Até porque nem todos chegam aos salões da literatura, ou porque se evadem da escola, ou porque só estudam história literária no 2º grau.

Onde estão nossos jovens heróis que buscam sua própria identidade e seu espaço na transformação da sociedade? Com que direito se lhes tira a participação no processo de busca do seu caminho? Como podemos querê-los criativos, se lhes oferecemos modelos, resultados prontos de um caminho que não percorreram? (Mas... os alunos gostam, e estes são os livros preferidos em nossas escolas...)

O que acontecerá com esses jovens, quando tiverem de "pôr em prática" a leitura e a literatura para as quais a escola os preparou? Quando não mais tiverem a força coercitiva da leitura escolar, o que gostarão (?) de ler?

5.5. Distorções (extra/intra/inter) textuais

O Misterioso Rapto de Flor-do-Sereno

A inserção da análise deste livro não significa atribuir-lhe condição de paradigma. Deve-se mais para, a título de comparação, mostrar um outro tipo de texto presente na literatura infantojuvenil, que extrapola a trivialidade e trabalha sistematicamente com as distorções.

O autor é Haroldo Bruno e o livro foi editado em 1979, pela editora Salamandra, encontrando-se na 7ª edição. É um misto de novela policial e de aventuras nos moldes da literatura de cordel nordestina, "descendente", por sua vez, das novelas de cavalaria.

Podemos dizer que este texto rompe com e subverte as normas e códigos linguísticos e estéticos com livre trânsito na literatura trivial infantojuvenil veiculada na escola. Não porque haja novidades, mas pelo seu caráter de recriação original (das origens), que desfaz automatismos e problematiza o supostamente conhecido, tornando-o formulável.

Indica o subtítulo que se trata do "combate de Zé Grande, herói dos canaviais do país de Pernambuco, contra o monstro Sazafrás de antiga e negra memória". A narrativa, apesar das referências espaciais e temporais, decorre num plano mítico. O herói "passou a tramela na porta e ao mundo se fez, em missão de procura não tinha montaria nem arma nem munições, viajava com os pés no chão e o pensamento pelo alto" em busca da amada, Flor-do-Sereno, raptada por Sazafrás, que desafia o protagonista: "se quer sua dona, venha buscar no oco do mundo". No caminho, Zé Grande encontra um menino abandonado, de 10 anos e "canela suja", que passa a ser seu ajudante. Numa complexa inter-relação espácio-temporal, o herói retoma seu passado, "pensando sem ordem", com discurso em primeira pessoa, como se "sonhando acordado estivesse". "Das visões do nascer e do morrer encheu os olhos, experimentou do bom e do mau" e, após visitar vários reinos de encantação, é levado a um circo onde conhece o mágico Segismundo-corre-mundo, que o ajuda a encontrar o monstro e resgatar a amada. Após a luta final, o herói vence o monstro, que é transformado pelo mágico em uma porca peituda, e, para terminar, todos comemoram a vitória.

A ludicidade do texto decorre das distorções: referências intertextuais explícitas à cavalaria andante e à literatura de cordel; os títulos-resumo de cada capítulo; o monstro e o mágico que, em vez de trazerem o *déjà vu,* rompem com ele; o deslocamento temporal confundindo história e história. Assim, apesar de o herói buscar resolver um enigma, o autor não precisa recorrer aos clichês da narrativa de suspense; pelo contrário, os títulos-resumo dos capítulos antecipam os fatos, mas não impedem a emoção da descoberta. A riqueza do texto está muito além do conteúdo fabulativo. O narrador em terceira pessoa não é dono da palavra e dá voz e vida ao protagonista, o qual, pensando, presentifica seu passado, sua história e a de sua gente, trazendo até nós o inconsciente verbalizado. A verossimilhança está no deslocamento do foco narrativo, na ruptura da des-ordem que recria a ordem interna.

Em suas andanças "de pelejar com o existente e o sonhado", Zé Grande, percorrendo o mundo externo e o interno e deslocando-se num espaço-tempo míticos, fica cada vez maior por dentro e por fora. É homem que sofre de saudades da amada, conserta injustiças cometidas pelo monstro, que são também os "coronéis" do Nordeste, e é deus que, à medida que caminha, vai recriando o mundo e nomeando-o. Fantasia e realidade se fundem na verossimilhança do jogo. E a irracionalidade não é sinônimo de primitivismo e imbecilidade.

A ordem é relativizada não só tematicamente, mas também no plano linguístico, no qual há transgressões de todo tipo: inversão sintática dos termos da oração, uso de vocabulário regional pelo narrador, entre outros.

Não há linearidade; a lógica é a da contradição da vida com altos e vindas, idas e baixos. O nome do sítio do falecido pai de Zé Grande sugere uma síntese do itinerário do herói: "Demoro-mas-chego", para além da neurotizante persistência do esforço individual do *self-made-boy*.

5.6. (Pós e con-)texto

As análises anteriores poderiam dar a impressão de que estaríamos lidando incoerentemente com juízos de valor a partir da qualidade intrínseca do texto como um produto. Como foi apontado no capítulo 2, porém, o texto precisa ser tratado como um processo social e um lugar de conflitos, quando se parte do pressuposto segundo o qual a escritura não é transparência de um pensamento e nem a leitura interpretação desse pensamento ou percepção de algo dado. Enquanto fato social em processo, a noção de texto inclui não só a escritura, edição e circulação, mas também sua leitura (utilização). Em outras palavras, os textos não preexistem como tais, mas *funcionam* como texto.

Assim, a questão da pluralidade de leituras não pode nos levar a um relativismo vago, como se tudo dependesse da decisão de leitores individuais, a partir de um texto neutro. E me parece que, para transformar discurso revolucionário em prática efetiva, as leituras e as censuras possíveis de determinado texto devem ser problematizadas como objeto de análise e parte integrante do funcionamento desse texto.

Desse ponto de vista, os textos que, *de fato,* estão sendo lidos na escola brasileira hoje precisam ser analisados e problematizados como forma de compreender as relações entre conservação e ruptura sociais a partir das soluções literárias para problemas deslocados, mas possíveis de serem conhecidos.

Por isso, ao denominar de *trivial* a literatura infantojuvenil escolar, refiro-me ao "funcionamento conforme" que tenta censurar, através do automatismo das evidências, aquilo que funda a condição de literatura e a necessidade de lê-la e conhecê-la. E isso desde as relações extra/inter/intratextuais até a utilização e recepção triviais de qualquer texto, quando se vê a leitura apenas como forma de recreação (e não recriação), ou possível de ser encaixada nos desígnios de um roteiro ou ficha de leitura, que transita na superficialidade do texto.

Para escapar à trivialização, no contexto da escola (pública, principalmente), penso que o ponto de partida não podem ser os critérios de seleção dos "bons" textos em detrimento dos "ruins". A tarefa primordial é a de (re)construir esses conceitos (que não parecem claros nem para o professor), através de uma práxis compartilhada e transformadora. É trabalhar as "distorções funcionais" do texto não para mascarar, mas para recuperar os conflitos que emergem mediatizados através dessas distorções constitutivas do literário e, portanto, subversivas, mas que "continuam perceptíveis mesmo que os sistemas normativos tenham mudado"[122]. É apostar no disfuncionamento, enquanto utilização sistemática das distorções, para junto com os alunos descobrir que o percurso do herói pode ser outro e que as premissas do Bem e do Mal podem ser questionadas e a lei transgredida na busca contraditória de uma nova (outra) ordem para o texto, para a escola, para a sociedade.

Penso que a atitude retórica do ensino da literatura, fruto do autoritarismo aliado à debilidade social, deva ser repensada, a partir da função desestabilizadora do efeito estético advinda da *utilização literária* dos textos, como resultante de uma prática sobre a palavra, na qual se elaboram, se criticam e se transformam ideologias. Dessa maneira, a noção de prazer passa não apenas pela satisfação de certas necessidades de fantasia, mas também pela aprendizagem significativa da leitura, ou seja, pela percepção e conhecimento do trabalho particular de linguagem, que envolve as condições de emergência e utilização/recepção dos textos literários, bem como pela desmistificação do caráter imobilista e a-histórico da noção de gosto. Em outras palavras, pode-se aprender a gostar de ler textos de qualidade literária (e gostar de aprender). Saber e prazer não são excludentes como querem aqueles que temem a ruptura, porque não querem perder o poder que o saber lhes confere. Para poder conservar ou transformar é preciso conhecer e se arriscar, e esse deve ser um direito *conquistado* por todos.

Capítulo 6 **A formação do gosto:
o possível-crível**

> A participação de massas mais extensas na escola média comporta a tendência a relaxar a disciplina de estudo, a pedir "facilidades". Muitos pensam que as dificuldades são artificiais, pois estão acostumados a considerar que somente é trabalho e fadiga o trabalho manual. [...] Em uma situação nova estes problemas podem chegar a ser muito agudos e será necessário opor-se à tendência a fazer mais fácil o que não pode sê-lo sem desnaturalizar-se.
>
> (Antonio Gramsci)

6.1. Função do professor: a interferência crítica

Se a escola ainda é o espaço por excelência de contato com o material impresso e com a literatura em particular, em que pesem as condicionantes decorrentes da trivialização da literatura infantojuvenil produzida para e utilizada no ambiente escolar brasileiro hoje, parece-me que o imobilismo do professor é mais um fator que se acrescenta ao conjunto dos funcionamentos conformes. Entre esses profissionais, percebem-se atitudes diante do trabalho com a leitura que vão desde a "neutralidade" conformista até a cumplicidade "revolucionária", decorrendo daí equívocos em relação às possibilidades de mudança.

Em primeiro lugar, penso que é necessário desmistificar certos clichês que caracterizam a trivialização da prática docente, principalmente a partir das duas últimas décadas. Um deles diz respeito à atuação política do professor, a qual não se esgota em lutas corporativistas. A prática pedagógica não é neutra, mas envolve opções políticas menos ou mais conscientes, das quais, por sua vez, apenas o discurso não consegue dar conta. É preciso pensar no presente histórico de professores e alunos como possíveis de serem conhecidos e tomados como ponto de partida para a feitura da escola, da leitura e da literatura que queremos, para propiciarmos avanços qualitativos.

Em decorrência disso, ressalta-se o óbvio: pode-se *aprender a ler* e a gostar de ler textos de qualidade literária e pode-se *formar* o gosto. E mais: a passagem da quantidade para a qualidade de leitura (e vice-versa) não se dá num passe de mágica, mas pressupõe um processo de aprendizagem. Com a escola, em que pesem as restrições a sua incompetência competente, concorrem todos os outros estímulos ou desestímulos com os quais convivem professores e alunos nas horas restantes do dia, entre eles, as péssimas condições de trabalho e a impossibilidade, para muitos alunos, de terminarem os estudos e terem tempo para a quantidade de leituras.

Parece-me que a saída mais coerente para o professor pode ser buscada numa práxis compartilhada que lhe ofereça segurança e permita uma *interferência crítica*. Cabe ao educador romper com o estabelecido, propor a busca e apontar o avanço, para além da dicotomia valorativa entre quantidade ou qualidade. Para isso, é preciso problematizar o conhecido, transformando-o num desafio que propicie a mobilidade.

Passando obrigatoriamente pela concepção de escola e de sociedade que queremos, a formação do leitor envolve também a *diversidade* como princípio norteador dos critérios de seleção e utilização dos textos e da reflexão sobre a formação do gosto das pessoas-alunos não só para um vir-a-ser, mas também para um *aqui* e *agora,* principalmente político. E se entendemos que "os gostos não são sucessivos, mas dependentes", envolvendo as histórias de leitura (do leitor, do texto e da época), e que o crescimento diz respeito

> à necessidade de a criança ir-se transcendendo a si mesma e a seus retratos anteriores [ou seja, de traçar seu percurso histórico] rumo a um progresso que nunca é final e que se caracteriza pela obstinação insatisfeita de sua busca e pela alegria de sua vitória sobre cada novo obstáculo[123],

o trabalho com a leitura da literatura tem de levar em conta essa luta da criança e do jovem inserida na luta de linguagens e códigos, problematizando a noção de carência geradora de um "infantilismo pedagógico", bem como repensar a formação do leitor, deslocando o impasse entre adequação demagógica ou imposição retórica para o problema da superação crítica e histórica do gosto, através de uma "pedagogia da exigência", como propõe Gramsci[124].

6.2. Escalonamento e penetrabilidade

Sob esse ângulo, a leitura, enquanto processo de conhecimento, envolve alguns procedimentos didáticos decorrentes da opção pela *diversidade,* entre eles, a "penetrabilidade" e o "escalonamento"[125]. Este diz respeito à adaptação da leitura à capacidade de apreensão do leitor; aquele oferece a possibilidade de "medir tanto nosso esforço, quanto nossas capacidades aquisitivas". Nesse sentido, a penetrabilidade se torna um procedimento que, oferecendo o desafio do conhecimento sempre novo e diferente, é "um dos elementos mais emulativos da degustação"[126] e propicia não o efeito momentâneo e confortável do lazer, que contenta, enche e dá euforia, mas a provisória satisfação da permanência do prazer-fruição que faz vacilar a consistência dos gostos e as bases históricas, culturais, sociais e psicológicas do leitor, tornando seu percurso o de um guerreiro em busca dos significados[127].

Assim, evitar a trivialização no trabalho com a literatura é procurar na *diversidade* (de enredos, procedimentos narrativos, gêneros, linguagens, autores e métodos) romper com a limitação do totalmente conhecido e levar o leitor, através da luta pela busca de significados, a ampliar seus horizontes.

As leituras de que o aluno gosta podem ser trazidas para a sala de aula, como ponto de partida para a reflexão, análise e comparação com outros textos (inclusive os produzidos pelos próprios alunos). E esse trabalho inicial até pode ser feito com a literatura trivial ou com a história em quadrinhos, por exemplo. Saber por quê o professor ou o aluno gostam ou não desse tipo de texto é um caminho para o crescimento. Assim, o estudo crítico e comparativo do texto como um todo (condições de emergência, utilização, funcionamentos conformes e disfuncionamentos) se apresenta como uma forma de desmistificar e desautorizar modelos; de recuperar o prazer de saber que há muitos jeitos de ler e de escrever e que não são casuais; de perceber que o prazer não se compra em lojas, nem é automático, mas depende da emoção e da percepção mais ou menos clara do trabalho particular de linguagem e de formas, e tampouco é incompatível com o saber; que a leitura é também novidade e ruptura e só será agente de transformação na medida em que for resultado e lugar de transformação.

6.3. Leitura e ruptura

O professor é, concomitantemente, alguém que participa ativamente desse processo; alguém que estuda, lê e expõe sua leitura e seu gosto, tendo para com o texto a mesma sensibilidade e atitude crítica que espera de seus alunos. Para seu trabalho prático, os critérios de seleção de textos devem ser, entre outros, aqueles decorrentes da sua "frequentação de leitura".

A ruptura que se propõe ao professor não é só (mas também) de ordem externa (condições salariais, materiais, físicas etc.). É necessário romper consigo mesmo e com sua história. Não basta apenas falar sobre a pluralidade de significações, das possibilidades de interpretação. É preciso fazer dessa contradição uma prática cotidiana de sala de aula e de vida. É todo um posicionamento diante do mundo e a história que conta no jogo das interpretações.

(Mas, enquanto eu redijo este texto, o mercado editorial se expande, os projetos governamentais episódicos consomem elevados recursos públicos, as discussões se aprofundam e rendem títulos e livros; os professores continuam reclamando dos seus salários, das condições de trabalho e dos pequenos resultados obtidos; os alunos continuam lendo pouco e as mesmas coisas, e continuam se evadindo ou sendo reprovados em grande escala; os constituintes divergem sobre a questão das verbas para a educação; e a leitura continua sendo uma questão consensual e acima de qualquer suspeita.)

Apesar de a proclamada preocupação com a formação do leitor envolver também um consenso político perigoso e ter muito de conservadora e neutralizadora das pressões sociais, se nós, professores, acreditamos na força trans-formadora da leitura da literatura, não podemos nos omitir enquanto cidadãos e educadores. Não podemos abdicar do papel histórico que nos cabe: de nos formarmos como leitores para *interferir criticamente* na formação qualitativa do gosto estético de outros leitores.

A literatura mobiliza a imaginação, a diversidade de opções estimula a busca de alternativas. E, na leitura das contradições e impasses por que passa nosso país, devemos ser coautores não só dos fracassos, mas também da luta pela participação na construção da sociedade que interesse não apenas a alguns, mas principalmente aos exilados da palavra.

A educação é sempre um ato político
     um ato político é sempre educativo
              cativo
   é o ato que não é
   nem político nem sexual
   mas apenas paradoxalmente
   casual.

Pós-escrito

Nada entendo de signos:
se digo flor é flor, se digo água
é água. (Mas pode ser disfarce de um segredo.)
Se não podem sentir, não torçam
a árvore-de-coral do meu silêncio:
deixem que eu represente meu papel.

Não me queiram prender como a um inseto
no alfinete da interpretação:
se não me podem amar, me esqueçam.
Sou uma mulher sozinha num palco,
e já me pesa demais todo esse ofício.
Basta que a torturada vida das palavras
deite seu fogo ou mel na folha quieta,
num texto qualquer com o meu nome embaixo.

(Lya Luft)

Ao final destas reflexões ficam-me evidenciadas as limitações de tal projeto, quando se busca, no movimento da vida, o material a ser organizado e elaborado, sempre num pretérito imperfeito, enquanto história que se retoma mas não se completa, pois a prática continua.

Hoje percebo mudanças que me permitem comparar. Mas a certeza de que sou, inevitavelmente, o que já fui traz o lugar-comum desconfortante da provisoriedade das reflexões aqui contidas. É um exercício difícil e doído, severamente conduzido, que se torna, porém, mais complexo quando se tenta, através das distorções possíveis, captar a dinamicidade dos disfuncionamentos, ao mesmo tempo que se procura enfrentar o fantasma da submissão às normas da linguagem escrita.

E hoje, revisitando os lugares que se tornaram comuns na trajetória deste livro, me pego pensando se não foi debalde e ingênua a preocupação com a formação do gosto (estético) de leitores da literatura; se não é alucinação quixotesca imaginar que o avanço tecnológico poderá, um dia, transformar o livro e a literatura em peças de museu e o objetivo deste texto em delírio acadêmico da antiguidade pós-moderna; enfim, se minhas inquietações não se tornaram a certeza de que o presente é uma "variante modesta da eternidade"[128].

Ou será que têm razão os linguistas: "na escrita, vela-se: sem contradições, com lucidez e racionalidade. Palavra escolhida, posta ali para ficar, é verdade. Mas apagável?

"À parte isso, tenho em mim todos os sonhos do mundo"[129].

Ó pedaço de mim
leva o que há de ti[130].

AMÉM!

Notas

O que não digo me queima, não satisfaz o falado.

(Sueli Costa/Abel Silva)

1. "Eu gostaria de ter aberto a discussão sobre a seguinte base: que o fenômeno literário, por mais complexo que seja, pode ser conhecido, e que esse conhecimento importa. A questão está aberta" (tradução livre).
2. Eagleton, Terry. *Teoria da Literatura:* Uma Introdução (trad. Waltensir Dutra), São Paulo, Martins Fontes, 1983, p. 220.
3. Vernier, France. *L 'Ecriture et Les Textes: Essai sur le* Phénomène Littéraire, Paris, Éditions Sociales, 1974, p. 19-50.
4. Alguns estudos sobre a ideologia presente nos textos didáticos me parecem cair nesse equívoco e, em vez de avançarem, acabam se restringindo a transitar nos limites impostos pela própria ideologia que criticam, como, por exemplo, *As Belas Mentiras,* de Maria de Lourdes Nosella, São Paulo, Cortez & Moraes, 1979.
5. Bakthin, Mikhail. *Marxismo e Filosofia da Linguagem* (trad. Michel Lahud e Yara F. Vieira), São Paulo, Hucitec, 1981, 2ª edição, p. 36.
6. Freitag, Bárbara. *Escola, Estado e Sociedade,* São Paulo, Cortez & Moraes,1979, p.40.
7. Idem, ibidem.
8. Este conceito será discutido no capítulo 4 e exemplificado com a análise de alguns textos no capítulo 5.
9. Azevedo, Fernando. "A Escola e a Literatura", in Coutinho, Afrânio. *A Literatura no Brasil,* Rio de Janeiro/São Paulo, Sul Americana, tomo I, vol. 1, 1959, p. 193-218.
10. Candido, Antonio, apud Azevedo, Fernando, op. cit., p. 203.
11. A classe de Humanidades era a preparação para a de Retórica, cujos objetivos eram: "a expressão perfeita em prosa e verso", abrangendo "os conhecimentos teóricos e práticos dos preceitos da arte de bem dizer e uma erudição mais rica de história, arqueologia, etc.". In Franca, Leonel. O *Método Pedagógico dos Jesuítas,* Rio de Janeiro, Agir, 1960, p. 49 ss.
12. Azevedo, Fernando. *A Cultura Brasileira,* São Paulo, Melhoramentos, 1958, 3ª edição, p. 39.
13. Franca, Leonel, op. cit., p. 80 ss.
14. Idem, p. 68 ss.

15. Idem, p. 83.
16. Fontes Jr., Joaquim B. "As Obrigatórias Metáforas", in *Leitura: Teoria & Prática,* nº 5, Porto Alegre, Mercado Aberto, junho de 1985, p. 17.
17. Idem, ibidem.
18. Barthes, Rolland. "L'Ancienne Rhétorique", in *Communications,* 16, Paris, Seuil, 1970, p. 198.
19. Ribeiro, Maria Luísa S. *História da Educação Brasileira:* A Organização Escolar, São Paulo, Cortez & Moraes, 1978, p. 37-38.
20. Idem, ibidem.
21. Idem, p. 45 ss.
22. Idem, p. 56.
23. Idem, p. 57.
24. Idem, p. 72.
25. Candido, Antonio. "Literatura e Subdesenvolvimento", in Moreno, César F. (coord.). *América Latina em sua Literatura,* São Paulo, Perspectiva, p. 345.
26. Freitag, Barbara, op. cit., p. 128-29.
27. No Brasil, a implantação da televisão se deu em setembro de 1950, com a inauguração do Canal 3, TV TUPI, por Assis Chateaubriand.
28. Governo do Estado de São Paulo/SE/Coordenadoria de Ensino Básico e Normal, *Diretrizes e Bases para o Ensino de 1º e 2º graus,* São Paulo, dezembro de 1971 (grifos meus).
29. Idem, ibidem.
30. Idem, p. 23.
31. Idem, p. 26.
32. Candido, Antonio, op. cit., p. 347.
33. Idem, ibidem.
34. Fontes Jr., Joaquim Brasil, op. cit., p. 19.
35. Adorno, Theodor W. "Discurso sobre Lírica e Sociedade", in Lima, Luís C. *Teoria da Literatura em suas Fontes,* RJ, Liv. Francisco Alves, 1975, p. 343-54.
36. O monitor, no Estado de São Paulo, é um professor afastado temporariamente junto à Delegacia de Ensino para o desenvolvimento de um trabalho pedagógico com professores de sua disciplina.
37. Extraído da revista, *Veja* de 05-03-86.
38. Extraído da revista, *Veja* de 05-03-86.
39. Essa especulação do gosto pode ser observada pela "explosão" de coleções em fascículos e de *best-sellers* vendidos em bancas de jornais, supermercados e até em farmácias. Outro dado interessante a esse respeito foi a venda, em 1985, de 1,5 milhão de exemplares de livros de divulgação, para principiantes, com sucesso principalmente entre os estudantes universitários (*Veja,* 03-09-86).
40. Frase de Caio Graco Prado, da Editora Brasiliense, citada no jornal *Leia,* de agosto de 1986.

41. Conferir a este respeito a dissertação de mestrado: *Texto Literário e Contexto Didático: Os (Des)caminhos na Formação do Leitor,* de Emília Amaral, IEL, Unicamp, 1986, na qual se discute a mediação do livro didático de 2º grau no estabelecimento de conceitos de literatura e a prática pedagógica daí decorrente.
42. Barreto, Elba e Arelaro, Lizete. "As Uvas Não Estão Mais Verdes: um Novo Currículo?", SE/CENP, São Paulo, 1986.
43. *Guias Curriculares Propostos para as Matérias do Núcleo Comum do Ensino de 1º Grau,* CERHUPE/SE-SP, s/d, p. 11 (grifos meus).
44. Bakthin, Mikhail, op. cit., p. 66.
45. Idem, p. 41.
46. Perrotti, Edmir. "A Leitura como Fetiche", in revista *Leitura: Teoria e Prática,* nº 8, Porto Alegre, Mercado Aberto, dezembro de 1986, p. 10.
47. Idem, ibidem.
48. Idem, ibidem.
49. Fontes Jr., Joaquim Brasil, op. cit., p. 17.
50. Orlandi, Eni P. e Guimarães, Eduardo. *Texto, Leitura e Redação,* São Paulo, Secretaria de Educação/CENP, 1985 (Projeto Ipê – Língua Portuguesa III).
51. Vernier, France. *¿Es Posible una Ciencia de lo Literario?* (trad. María O. Martínez e Juan A. B. Cazabán), Madri, Akal Editor, 1975, p. 81.
52. Dado extraído do documento "Manifesto aos Educadores", IV Conferência Brasileira de Educação (CBE), Goiânia, setembro de 1986.
53. Conclusão do IPEA a partir da Pesquisa Nacional por Amostragem de Domicílio, feita em 1982 pelo IBGE/PNDA, publicada na revista *Veja,* de 05-06-85.
54. Dado extraído do documento "Manifesto aos Educadores", IV Conferência Brasileira de Educação (CBE), Goiânia, setembro de 1986.
55. Freire, Paulo. *A Importância do Ato de Ler: em Três Artigos que se Completam,* São Paulo, Autores Associados, Cortez, 1986, p. 19.
56. Vernier, France. *L 'Écriture et Les Textes: Essai sur le Phénomène littéraire,* Paris, Éditions Sociales, 1974, p. 201 ss.
57. Gnerre, Maurizzio. *Linguagem, Escrita e Poder,* São Paulo, Martins Fontes, 1985.
58. O livro paradidático é também utilizado nesse nível, principalmente na 3ª e 4ª séries, mas, devido ao objetivo deste trabalho, a questão será abordada mais adiante, no contexto das séries finais do 1º grau.
59. Há, hoje, os chamados livros "não consumíveis", que não perdem, no entanto, a condição de "descartáveis", uma vez que conservam as características básicas do efeito momentâneo das informações.
60. Conferir o texto "Meu Pai", contido no livro didático *Mundo Mágico da Comunicação e Expressão,* Lídia Morais, Ática, vol. 2.
61. Para ter uma ideia, podemos comparar a tiragem anual de livros em relação ao número de habitantes, entre Brasil e Cuba *(Leia,* agosto de 1986):

PAÍS	TIRAGEM ANUAL DE LIVROS	Nº DE HABITANTES	ÍNDICE MÉDIO ANUAL
Brasil	160 milhões	130 milhões	1,2 livro/hab.
Cuba	50 milhões	10 milhões	5 livros/hab.

62. *Leia,* agosto de 1986.
63. *Veja,* 03-09-86.
64. *Leia,* agosto de 1986.
65. Idem.
66. MEC/CFE, *Reforma de Ensino* (1º e 2º graus), 1971, p. 36.
67. Idem, p. 37.
68. Conferir a esse respeito também os dados e conclusões apresentados por Lílian Lopes Martins da Silva em *A Escolarização da Leitura: A Didática da Destruição da Leitura,* P. Alegre, Mercado Aberto, 1986.
69. Coleção "Preto no Branco", Relatório de Consultoria, março de 1987 (consultor: Lígia Cadermatori), São Paulo Brasiliense, p. 5.
70. Idem, ibidem (grifos meus).
71. 7l. Ariés, Philipe. *História Social da Criança e da Família* (trad. Dora Flaksuman), Rio de Janeiro, Zahar, 1981, 2ª edição.
72. É interessante lembrar também que o conceito de criança se refere, então, ao *menino burguês.*
73. Ariés, Philipe, op. cit., p. 277.
74. Sosa, Jesualdo. *A Literatura Infantil* (trad. James Amado), São Paulo, Cultrix/Edusp, 1978, p. 56.
75. É este o primeiro livro que, segundo Rousseau, Emílio lerá, porque fornece o "tratado mais feliz da educação natural".
76. Elizagaray, Alga M. *Ninos, Autores y Libros,* La Habana, Editorial Gente Nueva, 1981.
77. Sosa, Jesualdo, op. cit., p. 96.
78. Platão, *Diálogos III – A República* (trad. Leonel Vallandro), Rio de Janeiro, Ediouro, s/d, p. 75.
79. Candido, Antonio. "A Literatura e a Formação do Homem", *Ciência e Cultura,* 24(9), setembro de 1972, p. 801.
80. Candido, Antonio, op. cit., p. 803.
81. Sosa, Jesualdo, op. cit., p. 30.
82. Bettelheim, Bruno. *A Psicanálise dos Contos de Fadas* (trad. Arlene Caetano), Rio de Janeiro, Paz e Terra, 1980, p. 18.
83. Idem, ibidem.
84. Platão, op. cit., p. 69 ss.
85. Platão, op. cit., p. 80.
86. Aristóteles. *Arte Poética* (trad. Antonio Pinto de Carvalho), Rio de Janeiro, Tecnoprint, s/d, p. 312.
87. Idem, p. 296 ss.
88. Idem, p. 310.
89. Platão, op. cit., p. 103.

90. Apud Della Volpe, Galvano. *Esboço de uma História do Gosto* (trad. Manuel Gusmão), Lisboa, Editorial Estampa, 1973, p. 27.
91. Idem, p. 29.
92. Idem, p. 29.
93. Esta questão levanta a suspeita da permanência do retórico (perverso) enquanto redução das ideias de Aristóteles, para quem o exercício da retórica visa à persuasão obtida "por efeito de caráter moral quando o discurso procede de maneira que deixa a impressão de o orador ser digno de confiança. As pessoas de bem inspiram confiança mais eficazmente e mais rapidamente em todos os assuntos de um modo geral; mas *nas questões em que não há possibilidade de obter certeza e que se prestam à dúvida essa confiança reveste particular importância* ... Enfim, é pelo discurso que persuadimos, sempre que demonstramos a verdade ou o que parecer ser a verdade, de acordo com o que, em cada assunto, é suscetível de persuadir". *Arte Retórica* (trad. Antonio Pinto de Carvalho), Rio de Janeiro, Tecnoprint, s/d, p. 38 (grifos meus).
94. Chaui, Marilena. *O que É Ideologia,* São Paulo, Brasiliense, 1981, p. 19 (grifo meu).
95. Sodré, Muniz. *Best-Seller: A Literatura de Mercado,* São Paulo, Ática, 1985, p.15.
96. Bosi, Alfredo. *História Concisa da Literatura Brasileira,* São Paulo, Cultrix, 1975, p. 141-42.
97. Sodré, Muniz, op. cit., p. 12.
98. Cf. capítulo 2.
99. Lajolo, Marisa e Zilberman, Regina. *Literatura Infantil Brasileira: História & Histórias,* São Paulo, Ática, 1984, p. 23.
100. Lajolo, Marisa. *Usos e Abusos da Literatura na Escola,* São Paulo USP,1979, tese de doutorado (mimeografada).
101. Perrotti, E. O *Texto Sedutor na Literatura Infantil,* São Paulo, Ícone, 1986.
102. Lajolo, Marisa e Zilberman, Regina, op. cit., p. 161.
103. Kothe, Flávio R. O *Herói,* São Paulo, Ática, 1985, p. 69.
104. Refiro-me aqui às invariantes que Vladimir Propp aponta nos contos populares russos, na busca de explicação textual.
105. Auerbach, Erich. *Mimesis* (trad. George Sperber), São Paulo, Perspectiva, 1976, 2ª edição.
106. Kothe, Flávio R., op. cit., p. 65.
107. Bettelheim, Bruno, op. cit.
108. Sperber, Suzi F. "O que é Literatura como Arte", in *Curso por Correspondência de Tecnologia Educacional Aplicada ao Ensino de Português no 1º Grau,* Rio de Janeiro, ABT, 1983, 3ª Lição, p. 17 ss.
109. Benjamin, Walter. "O Narrador", in *Uber Literatur,* Suhrkamp, 1969 (trad. Modesto Carone), mimeografado.
110. Vernier, France, op. cit., p. 149.
111. Elizagary, Alga, op. cit., p. 28.

112. "As robisonadas não expressam de maneira alguma, como certos historiadores da civilização o imaginam, uma simples reação contra os excessos de refinamentos e um retorno a um estado natural mal compreendido ... São sobretudo uma antecipação da 'sociedade burguesa', que se preparava desde o século XVI e que no século XVIII marchava a passo de gigante a caminho de sua maturidade. Nessa sociedade em que reina a livre concorrência (competência), o indivíduo aparece desligado dos laços naturais, etcétera, que em épocas históricas anteriores fazem dele parte integrante de um conglomerado humano determinado e delimitado. Para os profetas do século XVIII – Smith e Ricardo se situam ainda completamente em suas posições – este indivíduo do século XVIII – produto, por um lado, da dissolução das formas da sociedade feudal e, por outro, das forças produtivas novamente desenvolvidas a partir do século XVI – aparece como um ideal passado. Não como um cumprimento histórico, mas como um ponto de partida da história. Porque consideram este indivíduo como algo natural, conforme sua concepção da natureza humana, não como um produto da história, mas como algo dado pela natureza." In Marx, Karl e Engels, Frederico *Sobre la Literatura y el Arte,* La Habana, Editorial Política, p. 146- 47, e citado por Elizagary, Alga M., op. cit., p. 28 (tradução livre).
113. "Eu nasci para ser meu próprio destruidor."
114. "Quão inconsciente e irracional é a índole habitual da humanidade, especialmente dos mais jovens."
115. "Assim, nós nunca vemos o verdadeiro estado de nossa condição até que ele seja ilustrado para nós por seus contrários, nem sabemos como valorizar o que nos agrada a não ser pela falta dele."
116. "Assim, o que é a salvação de uma pessoa é a destruição de outra."
117. Auerbach, E., op. cit., p. 312 ss.
118. Idem, p. 319.
119. Idem, ibidem.
120. Cervantes, Miguel de. *Dom Quixote de La Mancha,* São Paulo, Abril, 1978, p.44.
121. Auerbach, E., op. cit., p. 319.
122. Vernier, France, op. cit., p. 149.
123. Sosa, Jesualdo, op. cit., p. 30.
124. Apud Manacorda, Mario A. *El Principio Educativo en Gramsci,* Salamanca, Ediciones Sigueme, 1977.
125. Sosa, Jesualdo, op. cit., p. 30.
126. Idem, p. 31.
127. Barthes, Roland. *O Prazer do Texto* (trad. Maria Margarida Barahorra), Lisboa, Edições 70; 1970, p. 50.
128. Ferreira, Vergílio. *Para Sempre,* São Paulo, Difel, 1985.
129. Pessoa, Fernando (Álvaro de Campos). "Tabacaria". In *Obra Poética,* Rio de Janeiro, Nova Aguillar, 1984, 9ª edição.
130. Chico Buarque de Holanda.

Bibliografia

> ... tanto naquelas leituras se enfrascou que passava as noites de claro em claro e os dias de escuro em escuro, e assim, de pouco dormir e de muito ler, se lhe secou o cérebro de maneira que chegou a perder o juízo.
>
> Satanás e Barrabás que levem consigo toda essa livraria, que assim deitaram a perder o mais sutil entendimento que havia em toda a Mancha!
>
> (Miguel de Cervantes)

Abramovich, Fanny. O *Estranho Mundo que se Mostra às Crianças,* São Paulo, Summus, 1983.
Adorno, Theodor W. "Discurso sobre Lírica e Sociedade", in Lima, L. C. *Teoria da Literatura em suas Fontes,* São Paulo, Liv. Francisco Alves, 1975.
_____. "Posição do Narrador no Romance Contemporâneo" (trad. Modesto Carone), in *Noten sur Literatur I,* Suhrkamp, 1958, mimeografado.
Aguiar, Vera T. e outros. *Leitura em Crise na Escola:* As Alternativas do Professor (org. Regina Zilberman), Porto Alegre, Mercado Aberto, 1982.
Althusser, L. *Ideologia e Aparelhos Ideológicos do Estado*, Portugal/ Editorial Presença, Brasil/Martins Fontes, 1974.
Amaral, Emília. *Texto Literário e Contexto Didático:* Os (Des-)caminhos na Formação do Leitor, IEL/Unicamp, 1986, Tese de Mestrado.
Ariés, Ph. *História Social da Criança e da Família,* Rio de Janeiro, Zahar, 1978.
Aristóteles. *Arte Retórica e Arte Poética* (trad. Antonio Pinto de Carvalho), Rio de Janeiro, Tecnoprint, s/d.
Arroyo, Leonardo. *Literatura Infantil Brasileira,* São Paulo, Melhoramentos, 1968.
Auerbach, Erich. *Mimesis: a Representação da Realidade na Literatura Ocidental* (trad. George Sperber), São Paulo, Perspectiva, 1976, 2ª edição.
Averbuck, Lígia (org.). *Literatura em Tempo de Cultura de Massa,* São Paulo, Nobel, 1984.

Azevedo, F. "A Escola e a Literatura", in Coutinho, A. *A Literatura no Brasil,* Rio de Janeiro, Sul Americana, tomo I, vol. 1, 1956.
Azevedo, Fernando. *A Cultura Brasileira,* São Paulo, Melhoramentos, 1958, 3ª edição.
Bakhtin, Mikhail. *Marxismo e Filosofia da Linguagem* (trad. M. Lahud e Y. F. Vieira), São Paulo, Hucitec, 1981, 2ª edição.
Barreto, Elba e Arelaro, Lizete. "As Uvas não Estão Mais Verdes: um Novo Currículo?", SE/CENP, 1986.
Barthes, R. *Mitologias* (trad. R. Buongermino e P. Souza), São Paulo, Difel, 1972.
_____. *O Prazer do Texto* (trad. M. Margarida Barahona), Lisboa, Edições 70, 1974.
_____. "L'ancienne réthorique", in *Communications* 16, Paris, Seuil, 1970.
Benjamin, W. *A Criança, o Brinquedo, a Educação* (trad. Marco V. Mazzari), São Paulo, Summus, 1984.
_____. "A Obra de Arte no Tempo de suas Técnicas de Reprodução", in *Sociologia da Arte,* IV, Rio de Janeiro, Zahar, 1969.
_____. "O Narrador" (trad. Modesto Carone), in *Über Literatur,* Suhrkamp, 1969, mimeografado.
Bettelheim, Bruno. *A Psicanálise dos Contos de Fadas* (trad. Arlene Caetano), Rio de Janeiro, Paz e Terra, 1980.
Bosi, Alfredo. *História Concisa da Literatura Brasileira,* São Paulo, Cultrix, 1975.
Bosi, Ecléa. *Cultura de Massa e Cultura Popular,* São Paulo, Vozes, 1978.
Bourdieu, P. e Passeron, J. C. *A Reprodução: Elementos para uma Teoria do Sistema de Ensino,* Rio de Janeiro, Liv. Francisco Alves, 1975.
Brandão, Roberto de Oliveira. *A Tradição Sempre Nova,* São Paulo, Ática, 1975.
Cândido, Antonio. "A Literatura e a Formação do Homem", *Ciência e Cultura,* vol. 24, setembro de 1972.
_____. "Literatura e Subdesenvolvimento", in Moreno, César F. (coord.). *América Latina em sua Literatura,* São Paulo, Perspectiva, 1979.
Carpeaux, Otto Maria. *História da Literatura Ocidental,* Rio de Janeiro, O Cruzeiro, 1959 (3º vol.).
Cervantes, Miguel. *Dom Quixote de La Mancha* (trad. Viscondes de Castilho e Azevedo), São Paulo, Abril Cultural, 1978.
Charlot, Bernard. *A Mistificação Pedagógica,* Rio de Janeiro, Zahar, 1979.
Chaui, Marilena. *O que É Ideologia?,* São Paulo, Brasiliense, 1981.
Cohn, Gabriel (org.). *Comunicação e Indústria Cultural,* São Paulo, Cia. Ed. Nacional, 1971.

Coleção "Preto no Branco" – Relatório de Consultoria (consultor: Lígia Cademartori), São Paulo, Brasiliense, março de 1987.

Coutinho, Carlos Nelson. *Literatura e Humanismo,* Rio de Janeiro, Paz e Terra, 1967.

Curtius, Ernest R. *Literatura Europeia e Idade Média Latina* (trad. Teodoro Cabral e Paulo Rónai), Rio de Janeiro, INL/MEC, 1957.

Defoe, Daniel. *The Life and Adventures of Robinson Crusoe,* Londres Penguin Library, 1972.

Della Volpe, Galvano. *Esboço de uma História do Gosto* (trad. Manuel Gusmão), Lisboa, Editorial Estampa, 1973.

Eagleton, Terry. *Teoria da Literatura: Uma Introdução* (trad. Waltensir Dutra), São Paulo, Martins Fontes, 1983.

Elizagary, Alga Marina. *Niños, Autores y Libros,* La Habana/Cuba, Editorial Gente Nueva, 1981.

Fontes, Joaquim B. "Notas sobre o Ensino de Literatura: Gramática, Texto e Retórica", *Educação e Sociedade,* nº 12, Cortez, setembro de 1982.

_____. "As Obrigatórias Metáforas", *Leitura: Teoria & Prática,* nº 5, junho de 1985.

Franca, Leonel. O *Método Pedagógico dos Jesuítas,* Rio de Janeiro, Agir, 1960.

Freire, Paulo. *Conscientização,* São Paulo, Moraes, 1980.

_____. *A Importância do Ato de Ler:* em Três Artigos que se Completam, São Paulo, Autores Associados/Cortez, 1986.

Freitag, B. *Escola, Estado e Sociedade,* São Paulo, Cortez & Moraes, 1979.

Garcia, P. B. *Educação:* Modernização ou Dependência, Rio de Janeiro, Liv. Francisco Alves, 1977.

Garcia, Walter C. *Educação Brasileira Contemporânea,* São Paulo, McGraw Hill do Brasil, 1978.

Geraldi, João W. (org.). O *Texto na Sala de Aula (Leitura e Produção),* Campinas/Unicamp, Cascavel/ASSOESTE, 1984.

Gnerre, Maurizzio. *Linguagem, Escrita e Poder,* São Paulo, Martins Fontes, 1985.

Governo do Estado de São Paulo/SE/Coordenadoria Ensino Básico e Normal, *Diretrizes e Bases para o Ensino de 1º e 2º Graus,* São Paulo, dezembro de 1971.

Gramsci, A. *Literatura e Vida Nacional* (trad. Carlos N. Coutinho), col. Perspectivas do Homem, vol. 49, Rio de Janeiro, Civ. Brasileira, 1978, 2ª edição.

_____. *Os Intelectuais e a Organização da Cultura* (trad. Carlos N. Coutinho), col. Perspectivas do Homem, vol. 49, Rio de Janeiro, Civ. Brasileira, 1978, 2ª edição.

Guias Curriculares Propostos para as Matérias do Núcleo Comum do Ensino de 1º Grau. CERHUPE/SE-SP, s/d.

Haidar, Maria de L. M. O Ensino Secundário no Império Brasileiro, São Paulo, Grijalbo, 1972.

Khéde, Sonia S. "A Marca Cultural da Dominação nos Textos Infanto-Juvenis", Ciência e Cultura, vol. 35, dezembro de 1983.

_____. Literatura Infanto-juvenil (Um Gênero Polêmico), Petrópolis, Vozes, 1983.

Kothe, Flávio R. O Herói, São Paulo, Ática, 1985.

Lajolo, Marisa. Usos e Abusos da Literatura na Escola, Tese de Doutoramento, USP, 1979.

Lajolo, M. e Zilberman, Regina. Literatura Infantil Brasileira: História & Histórias, São Paulo, Ática, 1984.

Lefebvre, Henri. Lógica Formal e Lógica Dialética (trad. Carlos N. Coutinho), Rio de Janeiro, Civ. Brasileira, 1975.

Lins, Osman. Do Ideal e da Glória: Problemas Inculturais Brasileiros, São Paulo, Summus, 1977.

Manacorda, Mario A. El Principio Educativo en Gramsci, Salamanca, Ediciones Sigueme, 1977.

MEC/CFE. Reforma de Ensino (1º e 2º graus), 1971.

Meireles, Cecília. Problemas da Literatura Infantil, São Paulo, Summus, 1979, 2ª edição.

Nosella, Maria de L. C. D. As Belas Mentiras: A Ideologia Subjacente aos Textos Didáticos, São Paulo, Cortez & Moraes, 1979.

Orlandi, Eni P. e Guimarães, Eduardo. Texto, Leitura e Redação, São Paulo, SE/CENP, 1986 (Projeto Ipê – Lingua Portuguesa III).

Perrotti, Edmir. O Texto Sedutor na Literatura Infantil, São Paulo, Ícone, 1986.

_____. "A Leitura como Fetiche", Leitura: Teoria & Prática, nº 8, Porto Alegre, Mercado Aberto, dezembro de 1986.

Platão. Diálogos III: A República (trad. Leonel Vallandro), Rio de Janeiro, Tecnoprint, s/d.

Pondé, Glória M. F. "A Literatura Infantil Brasileira: De Lobato aos Escritores Atuais", Ciência e Cultura, vol. 35, dezembro de 1983.

Ribeiro, Maria L. S. História da Educação Brasileira: A Organização Escolar, São Paulo, Cortez & Moraes, 1979, 2ª edição.

Rosemberg, Fúlvia. Análise dos Modelos Culturais na Literatura Infanto-juvenil Brasileira, São Paulo, Fund. Carlos Chagas, 1979.

Saer, José. "A Literatura e as Novas Linguagens", in Moreno, Cesar F. (coord.). América Latina em sua Literatura, São Paulo, Perspectiva, 1979.

Santos, Laymert G. dos. Desregulagens (Educação, Planejamento e Tecnologia como Ferramenta Social), São Paulo, Brasiliense/Funcamp, 1981.

Silva, Lilian Lopes M. *A Escolarização do Leitor: A Didática da Destruição da Leitura,* Porto Alegre, Mercado Aberto, 1986.

Sodré, Muniz. *Best-Seller: A Literatura de Mercado,* São Paulo, Ática, 1985.

Schwarz, R. "Nota sobre Vanguarda e Conformismo", in O *Pai de Família e Outros Estudos,* Rio de Janeiro, Paz e Terra, 1978.

Sosa, J. *A Literatura Infantil* (Ensaios sobre a Ética, a Estética e a Psicopedagogia da Literatura Infantil) (trad. James Amado), São Paulo, Cultrix/Edusp,1978.

Sperber, Suzi. "O que é Literatura como Arte?", in *Curso por Correspondência de Tecnologia Educacional Aplicada ao Ensino de Português no 1º Grau,* Rio de Janeiro, ABT, 1983, 3ª lição.

Vernier, France. *L 'Écriture et Les Textes: Essai sur le Phénomème Littéraire),* Paris, Éditions Sociales, 1971.

_____. *¿Es Posible una Ciencia de lo Literario?* (trad. María O. Martínez e Juan A. B. Cazabán), Madri, Akal Editor, 1975.

Warde, Miriam J. *Educação e Estrutura Social,* São Paulo, Cortez & Moraes,1977.

Werneck, Regina Y. M. "Rumos da Literatura Infantil e Juvenil Brasileira: A Importância da Imagem nos Livros", *Ciência e Cultura,* vol. 35, dezembro de 1983.

Zilberman, Regina. *A Literatura Infantil na Escola,* São Paulo, Global. 1982, 2ª edição.

_____. "Sociedade e Democratização da Cultura", *Leitura: Teoria & Prática,* nº 1, abril de 1983.

Zilberman, Regina (org.). *Leitura em Crise na Escola (As Alternativas do Professor),* Porto Alegre, Mercado Aberto, 1982.

Anexos

> ... fica patente a força da literatura indicada nas escolas ... Boas, ruins ou péssimas, são as mais lidas, as mais marcantes ...
>
> (Fanny Abramovich)

ANEXO I – Livros mais frequentemente indicados por professores de 72 escolas da rede pública da região de Campinas/SP, em 1984.

Título	Autor	Editora	Série(s) em que é utilizado			
			5ª	6ª	7ª	8ª
1. A Ilha Perdida	Maria José Dupré	Ática	x	x		
2. A Primeira Reportagem	Marcos Rey	Ática			x	x
3. A Serra dos Dois Meninos	Aristides F. Lima	Ática	x	x		
4. Aventuras de Xisto	Lúcia M. Almeida	Ática	x	x		
5. Cabra das Rocas	Homero Homem				x	
6. Cem Noites Tapuias	Ofélia e Narbal Fontes	Ática	x	x	x	
7. Coração de Onça	Ofélia e Narbal Fontes	Ática			x	x
8. Éramos Seis	Maria José Dupré	Ática			x	x
9. Menino de Asas	Homero Homem	Ática	x	x		
10. O Caso da borboleta Atíria	Lúcia M. Almeida	Ática	x			
11. O Escaravelho do Diabo	Lúcia M. Almeida	Ática	x	x	x	
12. O Feijão e o Sonho	Orígenes Lessa	Ática			x	x
13. O Gigante de Botas	Ofélia e Narbal Fontes	Ática	x	x		
14. O Mistério do Cinco Estrelas	Marcos Rey	Ática	x	x	x	
15 O Rapto do Garoto de Ouro	Marcos Rey	Ática	x	x	x	
16. Os Pequenos Jangadeiros	Aristides F. Lima	Ática	x	x		

Observações: – Os títulos estão arrolados pela ordem de recebimento das respostas.
– O * indica títulos que apareceram apenas uma vez no quadro geral das séries ou em cada série.
– n/i – editora não indicada.

Título	Autor	Editora	Série(s) em que é utilizado			
			5ª	6ª	7ª	8ª
17. Sozinha no Mundo	Marcos Rey	Ática		x		x
18. Spharion	Lúcia M. Almeida	Ática		x	x	
19. Tonico	José Rezende Filho	Ática	x	x	x	
20. Tonico e Carniça	José Rezende Filho e Assis Brasil	Ática		x	x	
21. Um Cadáver Ouve	Marcos Rey	Ática		x	x	
22. Xisto e o Pássaro	Lúcia M. Almeida	Ática	x	x		
23. Xisto no Espaço	Lúcia M. Almeida	Ática		x		
24. Zezinho, o Dono da Porquinha Preta*	Jair Vitória	Ática	x			
25. Alexandre e Outras Histórias*	Graciliano Ramos	Record	x			
26. A Fada que Tinha Ideias	Fernanda Lopes	Ática	x			
27. O Menino e o Pinto do Menino	Wander Piroli	Comunicação	x			
28. Reinações de Narizinho*	Monteiro Lobato	Brasiliense	x			
29. A Chave do Tamanho	Monteiro Lobato	Brasiliense	x			
30. O Menino Maluquinho*	Ziraldo	Melhoramentos		x		
31. Cazuza	Viriato Correa	Nacional	x	x		
32. Menino do Engenho	José Lins do Rego	José Olympio			x	x
33. Doidinho*	José Lins do Rego	José Olympio			x	
34. Vidas Secas	Graciliano Ramos	Martins			x	x
35. Nova Antologia Poética*	Mário Quintana	n/i				x
36. Lendas Brasileiras*	Câmara Cascudo	n/i				x
37. Emília no País da Gramática	Monteiro Lobato	n/i			x	
38. Deus me Livre	Luís Puntel	Brasiliense	x	x		

Título	Autor	Editora	Série(s) em que é utilizado			
			5ª	6ª	7ª	8ª
39. Coleção: Para Gostar de Ler	Vários autores	Ática	x	x	x	x
40. A Montanha Partida*	Odete B. Mott	Brasiliense		x	x	
41. A Moreninha	Joaquim M. Macedo	Ática		x	x	
42. O Gaúcho	José de Alencar	n/i			x	
43. A Escrava Isaura	Bernardo Guimarães	n/i			x	x
44. O Quinze	Raquel de Queiróz	José Olympio				x
45. Caçadas de Pedrinho	Monteiro Lobato	Nacional	x			
46. Coração de Vidro	José Mauro de Vasconcelos	Melhoramentos	x			
47. O Segredo do Taquara Poca	F. Marins	Melhoramentos		x		
48. O Menino dos Palmares*	Isa S. Leal	Brasiliense		x		
49. A Mão e a Luva	Machado de Assis	n/i				x
50. Clarissa	Érico Veríssimo	Globo			x	
51. As Pupilas do Senhor Reitor*	Júlio Diniz	Ática			x	
52. A Aldeia Sagrada*	F. Marins	Melhoramentos			x	
53. Ubirajara*	José de Alencar	n/i				x
54. Robinson Crusoe	D. Defoe (adap. Monteiro Lobato)	Brasiliense	x			
55. Senhora*	José de Alencar	n/i				x
56. Justino, o Retirante	Odete B. Mott	Brasiliense			x	x
57. A Montanha Encantada	M. José Dupré	Ática	x	x		
58. Contos*	Machado de Assis	n/i				x
59. O Gênio do Crime	João Carlos Marinho	Obelisco	x	x		
60. Poliana Menina	Eleanor Porter	Nacional			x	x
61. Poliana Moça	Eleanor Porter	Nacional		x		x

Título	Autor	Editora	Série(s) em que é utilizado			
			5ª	6ª	7ª	8ª
62. Expedição aos Martírios*	F. Marins	Melhoramentos		×		
63. De Sol a Sol	Lucila J. A. Prado	Record	×			
64. Apenas um Curumim	Werner Zotz	Nórdica	×	×		
65. Amarelinho*	Ganymedes José	Moderna	×			
66. Pivete	Henry de Araújo	Comunicação	×			
67. Sofá Estampado*	Lígia B. Nunes	Agir	×			
68. Natureza Quase Branca*	4ª série	Escola Comun. de Campinas	×			
69. Barco Branco e Mar Azul*	Werner Zotz	Nórdica	×			
70. Não-me-toque em Pé de Guerra	Werner Zotz	Nórdica			×	
71. A Árvore que Dava Dinheiro	Domingos Pelegrini	Moderna	×	×		
72. Rio Liberdade*	Werner Zotz	Nórdica				×
73. Meu Pé de Laranja Lima	José Mauro de Vasconcelos	Melhoramentos	×	×	×	
74. A Mina de Ouro	M. José Dupré	Ática	×			
75. Capitães de Areia	Jorge Amado	Martins				×
76. Barcos de Papel	José M. Monteiro	Ática	×			
77. Elas Liam Romance Policial	Isa Silveira Leal	Brasiliense		×		
78. Um Colégio Diferente*	Louise Alcott (trad. Herberto Sales)	Tecnoprint		×		
79. Inocência	Alfredo de Taunay	Ática		×	×	×
80. O Misterioso Rapto de Flor-do-Sereno	Haroldo Bruno	Salamandra				×
81. O Ipê Floresce em Agosto*	Lucila J. A. Prado	Moderna		×		
82. Nas Terras do Rei Café	Francisco Marins	Melhoramentos			×	

Título	Autor	Editora	Série(s) em que é utilizado			
			5ª	6ª	7ª	8ª
83. Viagem ao Centro da Terra*	Júlio Verne	Tecnoprint		x	x	
84. Férias em Xangri-lá	Teresa Noronha	Brasiliense	x			
85. De Olho nas Penas	Ana M. Machado	Salamandra				x
86. Tonico e o Segredo*	Antonieta D. Moraes	n/i		x		
87. A Revolução dos Bichos*	George Orwel	n/i				x
88. O Sorriso ao Pé da Estrada*	Henry Miller	Salamandra				x
89. O Estudante	Adelaide Carraro	Global				x
90. Com Licença, Eu Vou à Luta	Eliane Maciel	Codecri				x
91. Rumo à Liberdade	Giselda L. Nicodélis	Moderna		x		x
92. Antes que o Sol Desapareça	Lucila J. A. Prado	Brasiliense			x	x
93. O Mistério do Escudo de Ouro*	Odete B. Mott	Brasiliense		x	x	
94. Memórias de um Sargento de Milícias	Manuel A. de Almeida	Ática			x	x
95. O Guarani	José de Alencar	n/i				x
96. Marcelo, Marmelo, Martelo*	Ruth Rocha	Cultura	x			
97. Uma Estranha Aventura em Talalai*	Joel R. dos Santos	Pioneira	x	x	x	
98. A Vaca Voadora	Edy Lima	Melhoramentos	x			
99. O Menino do Dedo Verde	Maurice Druon	José Olympio			x	x
100. Fernão Capelo Gaivota	Richard Bach	Nórdica				x
101. O Pequeno Príncipe	Antoine Saint-Exupéry	Agir	x			
102. A Turma dos Sete*	Enid Brayton	Cedibra	x			
103. O Grupo dos Cinco*	Enid Brayton	Cedibra	x			

Título	Autor	Editora	5ª	6ª	7ª	8ª
104. A Viuvinha	José de Alencar	n/i	x			
105. Viagem ao Redor da Lua*	Júlio Verne	Hemus		x		
106. Miguel Strogoff*	Júlio Verne	Hemus		x		
107. O Sertanejo*	José de Alencar	n/i				x
108. O Soldado que não Era*	Joel R. dos Santos	n/i			x	
109. Proezas do Menino Jesus	Luís Jardim	n/i	x			
110. Veleiro de Cristal	José Mauro de Vasconcelos	Melhoramentos			x	
111. Iracema	José de Alencar	n/i		x		x
112. O Alienista	Machado de Assis	Ática				x
113. O que os Olhos não Veem	Ruth Rocha	Pioneira	x			
114. A Menina que o Vento Levou	M. Heloísa Penteado	Pioneira	x			
115. História Meio ao Contrário	Ana Maria Machado	Ática	x			
116. Um Certo Dia de Março*	Lucila J. A. Prado	Pioneira		x	x	
117. A Transa-amazônica'	Odete B. Mott	Brasiliense			x	
118. Pedro-Pedreiro	Odete B. Mott	Brasiliense			x	
119. Olhai os Lírios do Campo	Érico Veríssimo	Globo				x
120. Pai, me Compra um Amigo	Pedro Bloch	n/i	x			
121. O Tronco do Ipê*	José de Alencar	n/i			x	
122. Uma História de Amor	Carlos H. Cony	Tecnoprint				x
123. O Retrato de Dorian Gray	Oscar Wilde (trad. Clarice Lispector)	Tecnoprint				x

Título	Autor	Editora	Série(s) em que é utilizado			
			5ª	6ª	7ª	8ª
124. O Morro dos Ventos Uivantes	Emile Brönte (trad. Herberto Sales)	Tecnoprint				×
125. O Noviço*	Martins Pena	Tecnoprint				×
126. O Rei que não Sabia de Nada*	Ruth Rocha	Salamandra	×			
127. Zé Diferente*	Lúcia P. S. Góes	Melhoramentos	×			
128. Helena	Machado de Assis	Ática			×	×
129. Contos*	Simões Lopes Neto	n/i			×	
130. Diva*	José de Alencar	Ática			×	
131. Os Doze Trabalhos de Hércules*	Monteiro Lobato	n/i			×	
132. O Clube dos Bacanas	Odete B. Mott	Brasiliense	×			
133. O Mistério do Botão Negro	Odete B. Mott	Brasiliense	×			
134. O Felino Fidélis	Luís Puntel	Brasiliense		×		
135. Os Dois Lados da Moeda	Odete B. Mott	Brasiliense			×	×
136. E Agora?	Odete B. Mott	Brasiliense				×
137. A Pata da Gazela	José de Alencar	n/i				×
138. Marino, Marina*	Carlos H. Cony	Tecnoprint	×		×	
139. O Cortiço*	Aluísio Azevedo	n/i				×
140. Sagarana*	João G. Rosa	n/i				×
141. A Bolsa Amarela*	Lígia B. Nunes	Agir		×		
142. A Pérola	John Steinbeck	n/i			×	×
143. O Cachorrinho Samba na Fazenda	Maria José Dupré	Ática	×			
144. Glorinha e o Mar*	Isa Silveira Leal	Brasiliense	×			
145. Memórias de um Fusca	Orígenes Lessa	Tecnoprint	×			
146. Memórias de Emília*	Monteiro Lobato	n/i	×	×		

Título	Autor	Editora	5ª	6ª	7ª	8ª
147. A Bandeira de Fernão Dias*	Paulo Setubal	Saraiva/MEC	x			
148. O Cachorrinho Samba	Maria José Dupré	Ática	x			
149. O Cavalinho Azul*	Maria Clara Machado	n/i	x			
150. Na Fazenda do Ipê Amarelo*	Ivan E. Almeida	Brasil	x			
151. O Sobradinho dos Pardais	Herberto Sales	Melhoramentos	x			
152. Os Desastres de Sofia*	Condessa de Ségur	Tecnoprint		x		
153. A Vingança do Timão*	Carlos Morais	n/i			x	
154. Não Aguento Mais Esse Regime	Luís Puntel	Brasiliense			x	
155. As Aventuras de Tom Sawyer	Mark Twain	n/i		x	x	
156. Depois o Silêncio*	Ganymedes José	Brasiliense			x	
157. Sem Destino	Ganymedes José	Brasiliense			x	x
158. Admirável Mundo Novo*	Aldous Huxley	n/i				x
159. Rosinha, Minha Canoa	José M. de Vasconcelos	Melhoramentos				x
160. Fio de Prumo*	Olavo Pereira	n/i				x
161. Tão Perto do Céu*	Teresa Noronha	Brasiliense	x			
162. A Fada Desencantada*	Elaine E. Ganen	Brasiliense	x			
163. Esta Terra é Nossa*	Odete B. Mott	Brasiliense			x	
164. Mocinhos do Brasil*	Luis Puntel	Brasiliense			x	
165. O Rastro*	Isa S. Leal	Brasiliense			x	
166. Meninos Sem Pátria*	Luís Puntel	Brasiliense			x	
167. A Serra dos Homens Formigas	Giselda L. Nicodélis	Brasiliense				x
168. Quando Florescem os Ipês*	Ganymedes José	Brasiliense			x	x

Título	Autor	Editora	Série(s) em que é utilizado			
			5ª	6ª	7ª	8ª
169. Sonhar é Possível?	Giselda L. Nicodélis	Brasiliense				x
170. Janela Mágica	Cecília Meireles	Moderna				x
171. Uma Rua como Aquela	Lucila J. A. Prado	Record		x	x	
172. Assassinato no Beco*	Agatha Christie	n/i			x	x
173. Depois do Funeral*	Agatha Christie	n/i			x	
174. A Noite das Bruxas*	Agatha Christie	n/i			x	
175. Dom Casmurro	Machado de Assis	n/i				x
176. Sangue Fresco	João C. Marinho	Obelisco				x
177. As Sete Cidades do Arco-Íris	Teresa Noronha	Moderna	x			
178. O Segredo da Casa Amarela*	Giselda L. Nicodélis	Brasiliense		x		
179. O Balão Amarelo	Lucila J. A. Prado	Brasiliense	x	x		
180. No Verão, a Primavera	Lucila J. A. Prado	Melhoramentos			x	
181. O Amor é um Pássaro Vermelho*	Lucila J. A. Prado	Brasiliense				x
182. Viagem ao Céu	Monteiro Lobato	Brasiliense	x			
183. A Normalista*	Adolfo Caminho	Ática				x
184. A Terra é Azul*	Lucila J. A. Prado	Brasiliense	x			
185. Larissa	Ganymedes José	Brasiliense			x	x
186. O Barco e as Estrelas*	Isa S. Leal	Brasiliense			x	x
187. A 8ª Série C*	Odete B. Mott	Brasiliense				x
188. Quem Quer ir a Oba-Oba?*	Teresa Noronha	Brasiliense	x			
189. A Vaca Deslumbrada*	Edy Lima	Melhoramentos	x			
190. O Palácio Japonês*	José M. de Vasconcelos	Melhoramentos				x
191. Um Certo Capitão Rodrigo*	Érico Veríssimo	Globo			x	x

Título	Autor	Editora	Série(s) em que é utilizado			
			5ª	6ª	7ª	8ª
192. Um Defunto à Baiana*	Dias Gomes	Atual				x
193. Super G*	Ganymedes José	Brasiliense		x	x	
194. Novas Aventuras de Pedro Malazartes*	Herman Donato	Melhoramentos	x			
195. Viagem ao Mundo Desconhecido*	Francisco Marins	Melhoramentos		x		
196. Rio de Contas*	Lucila J. A. Prado	Melhoramentos			x	
197. Camilinha no País da Beleza*	Liliam Malferrari	Melhoramentos	x			
198. Pantanal Amor-Baguá	José H. Ribeiro	Brasiliense			x	
199. O Cachorrinho Samba na Floresta	Maria José Dupré	Ática	x			
200. A Vaca na Selva*	Edy Lima	Melhoramentos	x	x		
201. O Diário de Marcus Vinícius	Maria Alice Nascimento	José Olympio			x	
202. Cadeira de Balanço*	Carlos D. de Andrade	José Olympio				x
203. O Poder Ultra-Jovem*	Carlos D. de Andrade	José Olympio				x
204. As Letras Falantes*	Orígenes Lessa	Tecnoprint	x	x		
205. Música ao Longe	Érico Veríssimo	Globo				x
206. Amor de Perdição*	Camilo Castelo Branco	Ática				x
207. Rosa dos Ventos	Odete B. Mott	Brasiliense				x
208. Vinte Mil Léguas Submarinas*	Júlio Verne	Abril Cultural			x	x
209. O Analista de Bagé*	Luís F. Veríssimo	LP&M				x
210. Saci, Siriri, Sici*	Luís Galdino	Brasil	x			
211. O Mistério do Poço da Hortência*	Teresa Noronha	Brasiliense		x		
212. O Filme da Barriga do Panda*	Odete B. Mott	Brasiliense			x	
213. Recordações de um Agente Secreto*	Maria Lourdes Krieger	Brasiliense			x	

Título	Autor	Editora	5ª	6ª	7ª	8ª
214. A Baía dos Golfinhos*	Lucila J. A. Prado	Moderna			x	
215. Kadinéu	José H. Ribeiro	n/i			x	
216. A Grande Ilusão*	Odete B. Mott	n/i				x
217. Chuta o Joãozinho Pra Cá*	Pedro Bloch	Ediouro		x		
218. São Bernardo*	Graciliano Ramos	Martins				x
219. Memórias de um Burro Brasileiro*	Herberto Sales	Tecnoprint	x			
220. Volta ao Mundo em 80 Dias	Júlio Verne	Tecnoprint	x			
221. A Ilha Misteriosa*	Carlos H. Cony	Tecnoprint		x		
222. O Fazer de Mágicas*	Ganymedes José	Melhoramentos	x			
223. História do País dos Avessos*	Edson J. Garcia	Edart	x			
224. A Luneta Mágica*	Joaquim M. Macedo	Ática	x			
225. Macacos me Mordam*	Wander Piroli	Salamandra	x			
226. Do Outro Lado tem Segredos*	Ana M. Machado	n/i		x		
227. Irmãos Corsos*	Alexandre Dumas	Melhoramentos			x	
228. Infância*	Graciliano Ramos	Record	x		x	
229. Os Ladrões da Meia-Noite*	Josué Guimarães	LP&M			x	
230. O Viajante das Nuvens*	Haroldo Bruno	Salamandra			x	
231. A Ladeira da Saudade*	Ganymedes José	Moderna			x	x
232. Vale das Vertentes*	Giselda L. Nicodélis	Moderna			x	
233. Triste Fim de Policarpo Quaresma*	Lima Barreto	Ática				x
234. Criança Tem Cada Uma*	Pedro Bloch	Ediouro	x			

Título	Autor	Editora	5ª	6ª	7ª	8ª
235. Os Cavalinhos de Platiplanto*	J. J. Veiga	Civilização Brasileira				×
236. Banana Brava*	José M. de Vasconcelos	Melhoramentos				×
237. Doidão*	José M. de Vasconcelos	Melhoramentos				×
238. Os Colegas*	Lígia B. Nunes	Agir	×			
239. Mar Morto*	Jorge Amado	n/i				×
240. Angélica*	Lígia B. Nunes	Agir		×		
241. A Casa da Madrinha*	Lígia B. Nunes	Agir		×		
242. Til*	José de Alencar	Ática				×
243. O Encontro Marcado*	Fernando Sabino	Record				×
244. As Aventuras de Tibicuera*	Érico Veríssimo	Globo	×			
245. Viagem ao Céu*	Monteiro Lobato	Brasiliense	×			
246. A Companheira de Viagem*	Fernando Sabino	Record	×			
247. A Chave do Tamanho*	Monteiro Lobato	Brasiliense	×			
248. Aventuras do Menino Chico de Assis*	Luís Jardim	José Olympio	×			
249. A Reforma da Natureza*	Monteiro Lobato	Brasiliense	×			
250. Nó na Garganta*	Mirna Pinsky	Brasiliense	×	×		
251. A Hora da Estrela*	Clarice Lispector	José Olympio		×		

ANEXO II – Os 20 livros mais indicados em 72 escolas da rede pública de Campinas/SP, em 1984.

Título	Autor	Editora	5ª	6ª	7ª	8ª
1. A Ilha Perdida	Maria José Dupré	Ática	x	x		
2. O Mistério do Cinco Estrelas	Marcos Rey	Ática	x	x	x	
3. O Caso da Borboleta Atíria	Lúcia M. de Almeida	Ática	x			
4. Tonico	José Rezende Filho	Ática	x	x	x	
5. O Escaravelho do Diabo	Lúcia M. de Almeida	Ática	x	x	x	
6. Um Cadáver Ouve Rádio	Marcos Rey	Ática			x	x
7. Meninos de Asas	Homero Homem	Ática	x	x		
8. O Feijão e o Sonho	Orígenes Lessa	Ática			x	x
9. A Montanha Encantada	Maria José Dupré	Ática	x	x		
10. Cem Noites Tapuias	Ofélia e Narbal Fontes	Ática	x	x	x	
11. O Rapto do Garoto de Ouro	Marcos Rey	Ática	x	x	x	
12. Éramos Seis	Maria José Dupré	Ática			x	x
13. Sozinha no Mundo	Marcos Rey	Ática			x	x
14. Clarissa	Érico Veríssimo	Globo			x	
15. O Gênio do Crime	João C. Marinho	Obelisco	x	x		
16. A Serra dos Dois Meninos	Aristides F. Lima	Ática	x	x		
17. Xisto no Espaço	Lúcia M. Almeida	Ática		x		
18. Aventuras de Xisto	Lúcia M. Almeida	Ática	x	x		
19. Xisto e o Pássaro Cósmico	Lúcia M. Almeida	Ática	x	x		
20. Zezinho, o Dono da Porquinha Preta	Jair Vitória	Ática	x			

IMPRESSÃO E ACABAMENTO

YANGRAF
GRÁFICA E EDITORA LTDA.
WWW.YANGRAF.COM.BR
(11) 2095-7722